徳間文庫

別府・国東殺意の旅

西村京太郎

徳間書店

目次

第一章　新谷みやこ　5
第二章　別府　37
第三章　国東《くにさき》の死　72
第四章　電話の声　115
第五章　再び国東へ　160
第六章　記憶の糸　204
第七章　別ルート　248
第八章　苦しい戦い　291
第九章　崩壊　336

第一章　新谷みやこ

1

その女は、小雨の中で、倒れていた。

時間は、すでに、夜の十二時を回っている。久しぶりに大学時代の友人に会い、飲んで帰った西本刑事は、自宅マンションの前で、彼女を見つけた。

抱き起こしたが、ぐったりとして、意識がない。体温は暖かいし、息もある。西本は、ひとまず、自分の1DKの部屋に運び入れてから、一一九番した。

救急車が来るまでの間、西本は、自分のベッドに横たわる女を見つめていた。軽い寝息を立てているのは、睡眠薬でも、飲んだのかも知れない。

（それにしても、美人だな）

と、思う。

うすく開いた唇《くちびる》が、いやに肉感的だ。赤いレインコートの襟元《えりもと》から、白い乳房が、のぞいている。コートの下は、素裸なのだろうかと、若い西本刑事は、ふと、そんな妄想《もうそう》にとらわれ、あわてて、眼《め》をそらした。

その時、救急車のサイレンが聞こえた。

駈《か》けつけた救急隊員は、意識のない女を担架にのせてから、西本に向って、

「あなたも、一緒に来て下さい」

と、いった。

西本は、万一に備え、有金全部を持って、救急車に乗った。

運ばれたのは、国立《くにたち》駅近くの田村病院だった。車の中で、救急隊員から、西本は、女のことをいろいろと質問された。当然、西本の妻か、恋人と思ったのだろうし、そんな眼をして、きいた。西本は、小さく手を振り、マンションの前に倒れていたこと、名前も知らないことなどをいい、警察手帳を見せた。

「警察の方ですか」

と、救急隊員は、びっくりした顔になった。

女は、やはり、睡眠薬を飲んでいるとわかったが、その量は、多くなく、命に別条

はないと、医者が、保証してくれた。その言葉に安心し、西本は、自分の名を告げ、診察料などを支払って、自宅に帰った。

名前と住所、それに、電話番号を告げたのは、もちろん、何かあった時、責任をとるつもりだったからだが、回復した彼女が、感謝して連絡してくることを期待したこともあった。

刑事という仕事のせいか、若い女性に接する機会が少い。自然と、女について夢想家になってしまう。西本もマンションに戻って、ベッドに入ってから、すぐには眠れず、さまざまに夢想した。

彼女は、資産家の娘で、あまりにもかた苦しい家庭に嫌気《いやけ》がさして、家出をし、ひとりで東京で生活をしている。そこで、恋をしたが、男に裏切られ、絶望して、自殺を図った。それが、見も知らぬ青年（つまり、西本自身なのだが）の献身によって助けられたと知り、再び人間を信じようと考え、それが、愛情に変っていく。

若い空想は、果しなく広がっていく。彼女は、国内線のスチュワーデスで、たまたま西本が、飛行機に乗ると、それに搭乗《とうじょう》している。西本は、気付かなかったが、彼女の方が、目ざとく見つけて、声をかけて来て――。

彼女の職業が、スチュワーデスから歌手になり、モデルに変っても、結果は、同じになる。西本は、彼女の尊敬と愛情を受け、結ばれるようになっていく。空想を楽しんでいる中《うち》に、時間が、どんどんたっていき、いつの間にか、窓の外が、明るくなってしまった。

仕方なく起き上り、牛乳とトーストで、いつもの通りの朝食をすませたが、出かける前に田村病院に電話をかけて、女の様子を聞いてみた。

「午前三時頃、意識が回復しまして、名前は、新谷みやこ、二十三歳とわかりました。自分では、新人の女優だといっていましたね。さっき、所属するプロダクションのマネージャーさんがやって来て、一緒に帰りました」

と、病院の事務局の職員が、教えてくれた。

「僕のことは、何かいっていませんでしたか？」

「あなたが、助けたことは、伝えておきました。きっと、お礼に伺うと思いますよ」

と、その職員が、いった。

西本は、その言葉に満足して、出勤した。警視庁捜査一課に着いて、すぐ、中央新聞から電話取材があった。

「消防で聞いたんですが、西本さんは、若い女性の生命《いのち》を助けられたそうですね？」

と、森という記者が、きく。

「たまたま、彼女の倒れていたところに、通りかかって病院へ運んだということです。誰だって、そのくらいのことはするでしょう。まして、私は警察官ですからね」

と、西本は謙遜《けんそん》していった。

「女性はなんでも、若い女優だそうですね？」

「そうらしいですね」

「確認しますが、彼女は睡眠薬を飲んで倒れていたんですね？」

「そうです。私のマンションの前に倒れていました。睡眠薬を飲んでいるように見えましたが、運んだ病院で、それは確認されました」

と、西本は丁寧にいった。

「彼女、新谷みやこさんとは前からの知り合いですか？」

「とんでもない。初めて会いました。だから、名前も職業も知りませんでしたよ」

「彼女か、彼女の所属するプロダクションから、お礼の電話なり、あいさつなりが、ありましたか？」

「まだありません」

「なぜですか？」

「私にはわかりません。そういうことは相手の女性なり、マネージャーに聞いてみて下さい」

「そうしてみましょう。あとで写真を撮らせて頂きに伺うかも知れません」

と、森という記者はいって、電話を切った。

その日は、珍しく事件に追われることもなく、一日中、捜査一課から動かなかったのだが、森記者が写真を撮りに来ることもなかったし、新谷みやこや所属プロダクションの人間が、礼をいいに来ることもなかった。

西本は何となく拍子抜けした感じで帰宅したが、それでも、途中、駅の売店で夕刊を三紙買い、眼を通してみた。もちろん、その中には中央新聞も入っていたのだが、どの新聞にも今度の事件は、のっていなかった。

（小さな事件だし、ニュース・バリューがないので無視されてしまったのかも知れない）

と、西本は思った。

1DKの自分の部屋に帰り、ベッドに寝転がると、急に、寂しい気分になってきた。広がるだけ広がった楽しい空想が、みるみるしぼんでいく感じだった。

テレビを見る気にもなれず、西本はぼんやり天井を眺《なが》めていたが、昨夜とは違った意味でなかなか眠れなかった。

最後には、たかがひとりの女のせいで、このおれが眠れなくなるなんてと、自分自身に腹が立ってきた。

(何かを期待して、彼女を助けたわけじゃないだろう?)

と、西本は、自分を叱《しか》りつけ、

(早く忘れて仕事に専念するんだ!)

と、いい聞かせた。

丁度、翌日、世田谷区内で一家三人が惨殺《ざんさつ》されるという大きな事件が起き、西本も十津川《とつがわ》警部の指揮下に入って走り廻《まわ》ることになり、自然と新谷みやこのことを忘れていった。洒落《しゃれ》た喫茶店をやっていた中年の夫婦と五歳の子供を殺したのは、去年までその店で働いていた二十六歳の男だった。

何人かの容疑者が浮び、それを一人ずつ調べて行って、真犯人に辿《たど》り着いたのは、三日目である。

その男を逮捕するまで西本は、ほとんど自宅に帰っていなかった。他の刑事も同じだった。

事件が解決し、三上刑事部長から慰労の言葉があり、そのあと、ビールで乾杯しているところへ、中年の男が入って来た。

彼は、十津川に弁護士の肩書きのついた名刺を渡し、

「西本刑事はいますか？」

と、きいた。

2

崎田という弁護士だった。

十津川は、西本を手招きし、崎田に、

「彼が、西本刑事ですが、どんなご用ですか？」

と、きいた。

崎田は、強い眼で西本を見つめて、

「あなたを監禁及び暴行罪で告発することになりました。前もって、それを伝えておきたくて来たのです」

と、いった。

西本は、あっけにとられ、ついで、これは、完全な人違いだと思った。

「私は、西本です。住所は、国立駅からバスで十二、三分の場所にあるマンションの

五〇六号室です。Ｐ大出身で二十七歳です」

「知っていますよ。あなたのことは、調べましたからね」

崎田弁護士は、ニコリともしないでいった。

「人違いじゃないと、いうんですか？」

「もちろんです」

「あなたは、頭がおかしいんじゃないんですか？」

「ちょっと待ち給《たま》え」

と、十津川は、西本を制しておいて崎田弁護士に向い、

「今、監禁及び暴行罪といわれましたが、いったい誰をそうしたというんですか？」

「西本刑事さんは、よく知っている筈《はず》ですよ」

「いや、私も教えて貰《もら》いたいですね。いったい、誰を私が、監禁したり、暴行したりしたというんですか？」

と、西本は、抗議する口調でいった。

「新谷みやこさんを知っていますね？　二十三歳の新人女優です」

「彼女が――？」

「やっぱり、知っているんですね」

「知っていますよ。彼女が、睡眠薬を飲んでマンションの前に倒れていたので、救急車を呼んで病院へ連れて行ったんですよ。深夜で小雨が降っていましたよ。私は、彼女を助けたんですよ。それは、救急車の隊員も病院の人間も知っていることです」

西本は、声を大きくしていった。

「新谷みやこさんは、そうは、いっていませんよ。あなたに強引に連れて行かれ、マンションに監禁された上、暴行を受けたと、いっているんです。そのため自殺も図った。その憎むべき男が、現職の刑事と知って、これは、絶対に許せない、そう思って私に相談して来たんです。私は、そんな破廉恥《はれんち》な人間は、断乎《だんこ》、告発すべきだと、いいましたよ。特に現職の刑事なら、尚更《なおさら》だともです」

「西本刑事が、そんなことをするとは、とても考えられません」

と、十津川が、きっぱりといった。が、崎田弁護士は、小さく笑って、

「部下をかばおうという十津川さんのお気持はわかりますがね」

「西本刑事は、倒れていた彼女を助けて、病院に運んだといっているんです。救急隊員や病院で聞けば、西本刑事が、本当のことをいっているかどうか、わかるんじゃありませんか?」

十津川が、いうと、崎田は、あっさり、

「わかるでしょうね。多分、救急隊員も病院側も西本刑事のいう通りだと、証言するでしょう」

「それなら、なぜ、彼の言葉を信じないんですか？」

と、十津川は、戸惑いながら、きいた。

「西本刑事が、あわてて救急車を呼び、意識不明の新谷みやこさんを病院に運んだのは、事実だと思いますよ。新谷みやこさんも彼女のマネージャーも、それは、認めているんです。問題は、その前です。彼女は、こう証言しているんですよ。その二日前の五月十六日の夜、彼女は、無理矢理、西本刑事によって、彼のマンションに連れ込まれた。それから二日間、彼女は、手錠をかけられ、逃げられないように下着をとられ、素裸の上にコートだけの恰好《かっこう》にされて過ごしたんです。その上、二日間にわたって暴行された。十八日の夜、彼女は、堪え切れず、西本刑事が持っていた睡眠薬を一度に飲んで自殺を図った。西本刑事は、あわてて救急車を呼び、病院に運んだ。これが、真相です」

「冗談じゃない！」

「もちろん、私だって、冗談でこんなことをいってるんじゃありませんよ」

「弁護士さん。証拠もなしにそんなことをいうと、私の方が、あなたを告発しますよ。

名誉毀損《きそん》で」

「調べれば、わかることです」

「調べるって、どう調べるんですか？」

と、十津川が、きいた。

崎田は、十津川に眼を向けて、

「これから、西本刑事のマンションに行きたいんですよ。警部さんに立ち会って貰えませんか？ 多分、部屋に監禁と暴行の痕跡《こんせき》が残っていると思いますから」

「君は、同意するかね？」

と、十津川は、西本にきいた。

「同意しますよ。私の部屋にそんな痕跡なんか、ある筈がないんですから」

西本は、勢い込んでいった。

十津川を入れて、三人で崎田弁護士の車で国立に向った。

西本のマンションに着くと、三人で五階にあがり、西本が、ドアを開けた。

「これから先は、西本刑事には外へ出ていて欲しいんですが」

と、崎田が、十津川にいった。

どうなんだというように、十津川は、西本を見た。

「私は、構いませんよ。見られて困るようなものは、置いてありませんから」

と、西本は、いい、自分から廊下に出て行った。

二人だけになると、十津川は、崎田に、

「さて、何から調べますか？」

「新谷みやこさんの話では、この部屋で下着を剝《は》ぎ取られ、コート一枚にされ、手錠をかけられていたというのです。ですから、この部屋に彼女の下着と手錠が、ある筈なんですよ」

「本当に、そんなものがここにあると、思っているんですか？」

「彼女が、嘘《うそ》をついていなければ、ある筈ですよ」

「じゃあ、探しましょう」

と、十津川は、いった。

二人は、狭い部屋の洋ダンスを調べ、机の引出しを調べ、それから、一間の押入れをのぞき込んだ。独身青年の押入れらしく、暖かくなって要らなくなった石油ストーブとか、毛布、冬の下着などが、突っ込んである。

崎田弁護士は、その中から、阿蘇《あそ》の写真のついた紙バッグを引っ張り出した。かなり大きな紙バッグである。崎田は、黙って床の上に、その中身をぶちまけた。

黒のセーターにスカート、それと女の下着などが、床に散乱した。最後に、ハンドバッグが、床に落ちた。

崎田は、シャネルのハンドバッグを開けた。中から出て来たのは、化粧品、財布、ハンカチといったものだが、小型の名刺も何枚か見つかった。

「新谷みやこの名刺ですよ」

と、その一枚を崎田は、十津川に渡した。

十津川は、意外な展開に当惑しながら、

「西本刑事に聞いてみましょう」

「その前に、もう一つ、確認したいことがあります」

と、崎田が、いう。

「何ですか？」

「新谷みやこさんの話によると、彼女は、裸にされ、手錠とロープで、ベッドに縛りつけられて、西本刑事に写真を撮られたと、いっているんです。黒い小さなカメラだったということです。そのカメラを探したい。手錠とロープもです」

と、崎田は、いった。

カメラは、本棚《ほんだな》の本と本の間にあった。ロープは見つからなかったが、手錠は、べッドの下から見つかった。

カメラは、ＥＥカメラで、フィルムが、入ったままである。

「このフィルムをぜひ現像して、見てみたいですね」

と、崎田が、いった。

十津川は、廊下に出ている西本を呼んで、カメラや手錠、それに、紙バッグに入っていたハンドバッグや服を見せた。

西本の顔が、青くなった。それは、驚きと怒りのためだった。

「初めて見るもんばかりですよ。誰かが、この部屋に放り込んでいったんです」

と、西本は、いった。

「しかし、誰が、何のために、こんなことをするんですか？」

崎田弁護士は、冷静な口調でいい、じっと西本を見すえた。

「そんなことは、わかりませんが、これは、完全なでっちあげですよ。私の知らない中にみんな押し込んでおいたに決っています」

「どうやってです。部屋のキーは、あなたが、持っているんでしょう？」

「それは、そうですが――」

「このカメラは、あなたのものでしょう？」

「そうです」

「それなら、中に入っているフィルムもあなたが、入れたものじゃありませんか？」

と、崎田が、きいた。

「先日、ひとりで阿蘇へ行った時、写真を撮って来たんです。何枚か余ったので、そのままにしておいたんですよ。だから、フィルムが、入ったままになっているんです」

「それなら、この紙バッグも、あなたが、その時、買って来たものじゃありませんか？」

崎田は、阿蘇山の写真が刷り込まれた紙バッグを西本に突きつけた。

西本は、肯《うなず》いた。

「お土産を入れるのに向うの土産物店で、買ったものですよ。しかし、手錠は、知りませんよ。われわれが、仕事で使っているものとは違っています」

西本にとって、床にある女物の服や下着、それと手錠などは、悪夢のようなものだった。

「とにかく、このカメラの中身を現像してみましょう」

と、崎田弁護士は、いった。

十津川は、彼に渡すわけにはいかないので、崎田と二人で国立駅近くのDPE店に持って行き、現像と焼付けを依頼した。

「全《すべ》て二枚ずつ、焼付けして下さい」

と、崎田弁護士は、店員に頼んだ。自分たちの分と十津川の分ということなのだろう。

翌日の午後、十津川は、また、崎田とそのDPE店に行き、写真を受け取った。

三十六枚の写真だった。

二十四枚までは、阿蘇の景色が、写されていた。その中に、西本が、写っているのが、三枚入っている。セルフタイマーで撮ったか、或《ある》いは、その場にいた他人に頼んだのだろう。

二十五枚目から、三十六枚目までの十二枚には、ベッドの上の若い女が、写っていた。手錠とロープを使ってベッドに縛りつけられている裸の女である。

顔をそむけている写真もあれば、何か叫んでいる顔もある。涙を浮べている写真も。

「ひどいものだ」

と、崎田弁護士が、呟《つぶや》いた。

「新谷みやこさんですか？」

と、十津川は、きいた。

「そうです。彼女です。それに、このベッドは、西本刑事の部屋にあったものと同じですよ。壁にも見覚えがある」

「わかっています」

と、十津川は、いった。間違いなく、西本のマンションなのだ。ベッドにも、窓にかかっているカーテンにも、見覚えがある。

「これだけ揃《そろ》えば、もう、弁明の余地はないんじゃありませんか」

と、崎田は、十津川を見た。

「何ともいえませんね」

と、十津川は、いった。

「それは、どういうことですか？　まだ、あなたは、部下のことを信用しているんですか？」

「彼は、こんなことをする男じゃありません」

「真面目《まじめ》で、正義感に燃える若き刑事ですか？」

「その通りです」

「しかしねえ、十津川さん。人間は、表面だけ見ていたんじゃわかりませんよ。この前、私が弁護した男ですがね。大学の助教授で、人格者で通っていたんです。学生たちからは尊敬され、妻からは愛されていた。ところが、彼は五歳から十歳までの三人の幼女を殺していたんですよ」

と、崎田は、いった。

「西本刑事が、それと同じだと？」

「その通りですよ。ただ、西本刑事は、人殺しじゃない。そこまでの悪党じゃないが、許されない男であることに変りはありませんよ。私は、あなたは上司として、まず、西本刑事を懲戒免職させるべきだと思いますね。こんな男が、刑事として治安維持に当っていたのでは、不安で仕方がありませんからね」

と、崎田は、十津川に迫った。

「それは、出来ませんね」

「なぜですか？」

「まだ、彼が、新谷みやこさんをそんな目に合わせたとは、思っていないからですよ」

「これだけの証拠があってもですか？　裁判になれば、負けますよ」

「かも知れませんが、彼のために戦いますよ」

と、十津川は、いった。

「あくまで、西本刑事を辞めさせることはしないと、いわれるんですか？」

「それは、誰が、要求しているんですか？　新谷みやこさん本人ですか？　それとも、プロダクションの人間ですか？」

と、十津川は、逆にきき返した。

「本人も、マネージャーもですよ。それは、当然でしょう。こんな男が、今でも、刑事をしていることに腹を立てていますからね。それが、当然でしょう」

「一つ、質問していいですか？」

「どうぞ」

「そちらの話どおりなら、新谷みやこさんは、二日間、監禁されていたわけですね？　つまり、二日間、行方不明になっていたことになる。当然、捜索願は、出されていたんでしょうね？」

と、十津川は、きいた。

「いや、それは、出していません」

と、崎田は、いう。

「なぜ、出さなかったんですか？　おかしいじゃありませんか」

「新谷みやこさんは、プロダクションから、三日間休みを貰って、ひとり旅に出かけることになっていたんですよ。その第一日に、西本刑事が誘拐《ゆうかい》し、監禁した。プロダクションでは、てっきり、旅を楽しんでいるものとばかり思っていたから、捜索願を出すこともしなかったんですよ」

と、崎田は、いった。筋は、一応、通っているのだ。

十津川は、警視庁に戻ると、西本に写真を見せた。

彼の顔が、蒼白《そうはく》になった。

「こんな写真を撮った覚えはありません」

「わかってるよ。君が、こんなことをする男の筈がない。だから、明らかに君は、罠《わな》にはめられたんだ」

「そう思います」

「だが、この写真でも、ネガを見ると、二十四枚目までは、阿蘇の写真だ。君が、撮ったものだろう？」

「そうです。間違いなく私が撮ったものです。あと何枚か残っていたので、全部撮ってから、現像に廻そうと思っていたんです」

「すると、君のカメラで、君の残りのフィルムで、写したことになる。それに、間違いなく、バックは、君のマンションだろう？」

「私の部屋です」

「ということは、君がいない時に誰かが、新谷みやこを君のマンションに連れ込んで、こんな写真を撮ったことになる」

「そうです」

「キーを盗《と》られたということはないんだな？」

「あの部屋を借りる時、キーは、二つ貰いました。今でも、二本とも持っています」

と、西本はいい、革のキーホルダーを十津川に見せた。間違いなく二つのマンションのキーは、そこにおさまっていた。

「君が、新谷みやこを助けた日だが、君も一緒に救急車に乗って、田村病院へ行ったんだったね？」

「そうです」

「その時、カギをかけずに行ったんじゃないのかね？」

「いえ、きちんとカギをかけてから行きました」

「間違いないのかね？」

「ええ。間違いありません」

「その時、君は、彼女を自分の部屋に運び、ベッドに寝かせてから一一九番した？」

「はい」

「救急隊員が来て、彼女を担架にのせ、君も一緒に救急車のところまでついて行ったんだね？」

「そうです」

「その時、部屋のカギは、閉めて行ったのかね？」

と、十津川は、きいた。

「いえ。すぐ戻って来ると思っていましたから、カギはかけずに車のところまで、運びました。しかし、一緒に来てくれといわれたので、部屋に引き返し、カギをかけてから、車に乗り込みました」

「その間、キーは、何処《どこ》へ置いてあったのかね？」

「確か、机の上でした。いつも、そこへ置く癖がついていますから」

と、西本は、いった。

「その間、何分ぐらいだったかね？　君が、救急隊員を助けて部屋を出てから、引き返すまでだ」

「五階からエレベーターでおりて、車にのせるのを手伝って、それから、また、エレベーターで上るまでですから、せいぜい五、六分ぐらいだと思います」

「その間に、誰かが、君のキーの型を取ったんだよ。あらかじめ用意しておけば、キーの型をとるぐらい、一分もかからないからね。そのあと、キーを作り、君が、捜査で走り廻っている間に部屋に入り込み、この写真を撮ったんだ。たまたま、君のカメラにフィルムの残りがあったので、それを使い、君が、撮ったように見せかけた。新谷みやこの服や下着、それに、手錠を部屋に隠したのも、同じ方法でやったに違いない」

「しかし、誰が、何のために、そんなことをしたんでしょうか？」

西本が、青い顔できく。

「誰がやったにしろ、新谷みやこが絡《から》んでいることは間違いない。それに、彼女の所属しているプロダクションもね。城南プロという小さな会社で、社長の名前は、小野木恭、五十歳だ。彼女のマネージャーは、林洋一、三十五歳。この名前に聞き覚えはないかね？」

「ありません」

「新谷みやこは、どうだ？　前に会ったことはないのかね？」

と、十津川は、きいた。

「ずっと、考えているんですが、ありません。あの夜、初めて会ったんです」

「彼女は、新人女優といっているが、AV女優で、彼女の出たビデオが、売られているそうだよ」

「それなら、裸の写真を撮られても、平気だというわけですね」

「この写真のような演技には、慣れているんじゃないかね」

「崎田弁護士は、どうしても私を、監禁、暴行罪で、告発するつもりでしょうか？」

「その前に君を馘《くび》にしろと、いっている。刑事にふさわしくないというわけだよ」

「――――」

「私には、そんな権限はないし、西本刑事を信頼していると、いっておいた」

「ありがとうございます」

「問題は、次に、相手が、どんな手段に出てくるかだ。それが、心配でね」

と、十津川は、いった。

3

十津川の不安が、現実化したのは、その三日後だった。

何の予告もなく、この事件が、週刊誌にのったのである。小さな出版社で出している、のぞき趣味だけで作られているような、「週刊スキャンダル」だった。

今はやりのボンデージ・ファッションで、新谷みやこが、写っていて、大きな活字が、躍っていた。

〈現職刑事が、AV女優を監禁、暴行〉

その刑事の名前は、Nと、イニシアルにはなっていたが、年齢も書かれ、警視庁捜査一課の若い刑事とも書かれている。

新谷みやこの「殺されるかと思い、それなら死んでやろうと、睡眠薬を飲んだ」という告白が、のっている。

城南プロのマネージャーの談話、救急隊員と病院の医者の話も出ていた。

「彼女は、赤いコートを羽織っていましたが、その下には、何もつけていませんでした」

「意識を回復してからも、やたらに怯《おび》えていましたよ」

そんな刺戟《しげき》的な言葉が、並んでいるのだ。

マネージャーも、プロダクションの社長も、この破廉恥な刑事を告発するつもりだと、話している。

「証拠は、いくつもありますよ」

と、小野木社長は、語気を強めた——とも書いてあった。

十津川は、三上刑事部長に呼ばれた。

三上は、「週刊スキャンダル」を手に持っていた。

「これは、事実なのかね？」

と、三上は、眉《まゆ》を寄せて、十津川にきいた。

「もちろん、嘘です」

「しかし、相手は、告発するといっているし、証拠もあるといっているようじゃないか」

「作られた証拠です」

「どんな証拠なんだ？　君は、知っているのか？」

と、三上が、きく。

十津川は、正直に全てを話した。それを聞いている中に、三上の顔が、こわばるのが、わかった。

「そんなものがあったんじゃ、いいわけは出来ないじゃないか」

「これは、明らかにでっちあげです」

「そんないいわけが、通じるのかね？　写真もあれば、弁護士は、君と一緒に西本刑事の部屋で、彼女の服や下着、それに、手錠を見つけているんだろう？」

三上は、腹立たしげにいった。

「その通りですが、西本刑事が、そんなことをする人間かどうか、おわかりの筈です」

と、十津川は、いった。が、三上は、なお激した表情になって、

「彼の性格なんか、こんな場合には、何の助けにもならんことぐらい、君にだって、よくわかっている筈だよ。物をいうのは、写真や物証なんだ。君や西本刑事が、いくら、でっちあげだといったって、そんな言葉をマスコミが、信じると思うのかね？」

「しかし――」

「西本刑事は、今、どうしてる？」

「これを見て、他のマスコミが押しかけてくるとうるさいので、都内のビジネスホテ

ルに、一時、避難させていますが」

「すぐ見つかってしまうぞ。遠くへやれ」

と、三上は、いった。

「と、いいますと？」

「休暇を与えて、何処《どこ》か遠くへ行かせるんだ。外国へ行っていろといっても、すぐには無理だろうから、国内でいいが、東京から離れた場所がいいな」

と、三上は、命令する口調でいった。

十津川は、自分の銀行口座から、五十万円をおろし、それを持って、四谷のビジネスホテルに偽名で入っている西本に会った。

「今頃、警視庁には、君の取材をしようと、テレビや新聞が、押しかけている筈だ」

と、十津川が、いうと、西本は、

「申しわけありません」

「君のせいじゃない。ただ、三上部長は、君が東京にいては、連中に捕まる。それを心配して、遠くに旅行させておいたらどうかと、いっている」

「しかし、敵に背《うしろ》を見せるようで、気が進みませんが――」

と、西本は、いう。

「その気持は、わかるがね。今、マスコミに捕まったら、君の弁明なんかに耳を貸すまい。最初から君を叩《たた》きにやってくるんだ。私も、君は、今は隠れていた方がいいと思う。その間に、必ず、君が、罠にかかったことを証明してみせる。約束するよ」

十津川は、きっぱりといった。

「わかりました」

「東京から遠いところで、何処か、行きたいところはないのかね？」

と、十津川は、きいた。

「そうですねえ」

と、西本は、考えていたが、

「この前、阿蘇へ行って来ました」

「そうだったね」

「あの時、時間がないので、止《や》めたんですが、実は、別府を抜けて、国東《くにさき》半島へ行ってみたかったんです」

「国東半島というと、石に彫った仏で有名なところだろう？」

「磨崖仏《まがいぶつ》です。他には、何もないところだそうです」

「君は、そういう所が、好きなのかね？」

「静かなところが、好きなんですよ」

と、西本は、いった。

「それなら、今度のことは忘れて、ゆっくり国東半島を廻ってきたまえ。その間に私が、事件を解決しておく」

十津川は、笑顔を見せていい、封筒に入れた五十万円を西本に渡した。

遠慮する西本に向って、十津川は、

「君は、自宅に戻らない方がいい。記者たちが、張り込んでいるよ。だから、これからすぐ、東京を離れた方がいい。この金は、事件が解決したあとで、返してくれたらいいよ」

と、いった。

西本は、腕時計に眼をやった。

「もう、飛行機は、ありませんね」

「そうだね。しかし、今日中に東京を離れた方がいいな」

と、十津川は、いった。

「それなら、夜行列車に乗ります。ブルートレインの『さくら』か、『はやぶさ』に」

「もう、とっくに東京を出ちゃっているんじゃないか?」

「ええ。しかし、新幹線で追いかければ、どちらかの列車に大阪あたりで、追いつける筈です」

と、西本は、いった。

第二章　別府

1

　西本は、十津川と別れると、中央線で東京駅に向った。

二〇時三二分発の『ひかり287号』に間に合った。座席に腰を下してから、駅で買った時刻表を広げた。

　この列車に乗れば、新大阪には二三時三六分に着く。

　ブルートレイン『さくら』の大阪発は二三時二八分だから、間に合わないが、次の『はやぶさ』は、二三時五五分発だから、何とか間に合うのではないか。そのあとのブルートレイン『みずほ』も、熊本行だから、いずれにしろ明日には、九州に着けるのだ。

ほっとすると、西本は、また、今度の事件のことを考え始めた。

（あの女は、最初から、おれを罠《わな》にはめる気で、マンションの前に、睡眠薬を飲んで、倒れていたのだろうか？）

西本は、同じことを、もう何回も考えてきた。

もちろん、何者かが、物かげに隠れて、西本が、引っかかるのを見守っていたのだろう。

だが、西本は、前に新谷みやこに会った記憶がない。

城南プロという名前も、社長の小野木恭という名前も、マネージャーの林洋一という名前も初めて聞く。

それに、あの夜、西本は、突然、大学時代の友人が電話して来て、新宿で飲んで、おそくなったのである。それまで計算して、新谷みやこは、睡眠薬を飲んで、倒れていたのだろうか？　そこが、わからないのだ。

結論が出ないまま、新大阪に着くと、大阪まで行き、何とか下りのブルートレイン『はやぶさ』に乗ることが出来た。

五月の連休後《あと》のせいか、車内はすいていて、大阪からだったが、簡単に寝台が、とれた。

上段の寝台にあがって、横になる。なかなか眠れないのは、口惜《くや》しいからだった。少しは、助平根性もあったが、それでも、何とかしなければと思って、新谷みやこを病院に運んだのである。

それなのに、なぜ、こんな目に合わなければならないのか。もう一度、彼女に会ったら、思い切り殴りつけてやりたいと、思う。

どうしても、眠れないので、ロビーカーの傍《そば》にある自動販売機で、缶《かん》ビールとおつまみを買って来て、寝台に座り込んで、ビールを飲み始めた。

十二時過ぎに、三ノ宮に着く。このあと、四時四二分に、岩国に着くまで、乗客の乗り降りは、ない。

さすがに、起きて騒いでいた若者たちも、寝てしまったとみえて、車内は、静かになった。

それでも、西本は、しばらくの間、ビールを飲んでいた。空になったビールの缶が、枕元《まくらもと》に並んだ。八つほど並んだところで、やっと眠くなり、西本は、横になった。

眠って、夢を見た。

無数のカメラが彼を取り囲み、一斉《いっせい》にフラッシュが焚《た》かれ、矢継ぎばやに質問が飛んでくる。

刑事として、恥ずかしくないのか！

完全な職権乱用じゃないか！

前にも、同じようなことをやってるんじゃないのか！

「NO！」

と、叫ぼうとするのだが、声が出ない。それでも、叫び続けて、やっと声が出たと思った瞬間、西本は、眼をさました。

身体中が、汗ばんでいた。重苦しい疲れが、襲いかかってくる。西本は、改めて新谷みやこに腹を立てながら、寝台をおり、スリッパで通路に出てみた。

外は、もう明るくなっていた。緑の濃くなった沿線の景色が、流れ去っていくのを西本は、ぼんやりと眺《なが》めていた。

四時四二分に岩国に着いたのは、覚えていない。腕時計を見ると、五時半を回っていた。次は、六時〇九分に小郡《おごおり》着である。

西本の降りる小倉は、七時三四分着だから、まだ、二時間は、ある。

西本は、トイレに行ってから、もう一度、眠ることにした。

だが、眠れないままに、列車は、小倉に着き、西本は、ホームに降りた。梅雨の走りのような、どんよりした曇り空である。

国東《くにさき》半島めぐりの起点として、西本は、宇佐を選んだ。

小倉駅のキヨスクで、朝刊を三紙とスポーツ新聞一紙を買い、コンコースにある食堂で、朝食をとることにした。

和定食を注文し、食事をしながら、朝刊に眼《め》を通していった。幸い、どの新聞にも、例の事件の記事は、のっていなかった。

十津川が、おさえてくれたのかも知れないし、新聞が、控えたのかも知れない。ほっとしながら、スポーツ紙を広げたが、その芸能欄を見て、青ざめてしまった。

〈新谷みやこ、怒りの告白！〉

という大きな活字が、眼に飛び込んできたからである。

今日の午後三時の芸能ニュースに、彼女が出演して、真相を話すというのだ。テレビ欄を見ると、Nテレビに、「警察官による監禁、暴行の真相」とあり、出演、新谷みやこと書かれていた。

西本は、次第に、追い詰められていく気分になってきた。前に、派出所の警官が、千円足らずの品物を万引きしたことがあって、テレビが、大きく取りあげた。

警察としては、金額が少く、すぐ店に返して謝罪していることもあって、何とか穏便に処理しようとした。だが、テレビが、一斉に取りあげたことで、それが、難しくなった。停職処分が、依願退職になり、それも困難になって、最後は、懲戒免職というところにまで、追いつめられてしまった。

その時、西本が感じたのは、テレビの影響力の強さだった。

新聞が取りあげた時は、抗議の電話もほとんどなかったのだが、テレビが、大々的に扱うようになってからは、警察の電話が、鳴りっ放しになった。

同じことが、今度も起きるのではないのか？

十津川も同僚の刑事たちも、西本の無実を信じてくれるだろうが、上層部は、どうかわからなかった。事の真偽よりも政治的な配慮が、優先することがあり得るからだ。

西本は、暗い眼になって、食堂を出た。

彼としては、無性に腹が立つのだが、今は、どうにも出来ない。いっそのこと、Nテレビに乗り込んで、彼女を殴りつけ、本当のことを話せ！と、叫びたくなる。が、そんなことをすれば、事態を一層、悪くするだけだろう。

それが、わかっているだけに、今の西本には、何も出来ないのだ。

とにかく、今は、十津川警部の指示に従って、静かにしているより仕方がないのだと、西本は、自分にいい聞かせた。

九時二二分小倉発の『にちりん11号』に乗って、西本は、宇佐に向った。

連休を過ぎた、オフ・シーズンのせいか、車内は、すいている。そのことが、いくらか、西本の気持をなごやかにさせてくれた。混んでいたら、その中の誰かが、あの事件のことを知っているのではないかと、怯《おび》えた気分になってしまうだろう。

一時間足らずで、宇佐に着いた。

宇佐神宮の駅だけに、ホームには、神社の献灯に似た赤い灯籠《とうろう》が立ち、駅名表示板には、神社の屋根に似た雨よけの庇《ひさし》がついていた。

観光シーズンや宇佐神宮の大祭の時には、ホームに人が溢《あふ》れるのだろうが、今日は、まばらである。

西本は、改札口を出た。

駅そのものは、平べったい、平凡な造りである。

小さな駅前広場には、五、六台のタクシーが、客待ちをしていた。

宇佐観光案内所の看板の下に、バスのり場と書かれてあるが、バスは、停《とま》っていなかった。

（時間だけは、あるのだ）

と、西本は、思い、宇佐神宮まで、歩いてみることにした。

空は、どんよりと重いが、今のところ、降る心配はなさそうである。

西本は、小さな商店街の向うに見える森に向って、歩き出した。

通りの両側には、「はたご」と呼ぶのがふさわしい感じの、古い日本旅館が、何軒かあったが、今は、別府まで行って泊るのだろうか、ひっそりと、静まりかえっている。

西本は、ゆっくりと歩き、宇佐神宮の表参道に着いた。朱塗りの大きな鳥居をくぐると、参道には、人影はなく、少し寒いくらいの空気が、漂っていた。

急に犬の吠《ほ》える声がして、赤いリボンをつけた仔犬《こいぬ》が、西本を追い抜いて行った。その犬を十五、六歳の娘が、追いかけて、神社の奥に消えて行った。

一瞬、犬の声と少女の呼びかける声がしたのだが、それが消えると、また、元の静寂に戻った。

石段をのぼって、本殿に近づくにつれて、巨木が倒れていたり、裂けているのにぶつかった。石の灯籠も、倒れている。

〈先の十九号台風で、天然記念物の銘木が、倒れました〉

と、立札に書かれていた。

東京に住む西本は、忘れてしまっていたが、去年の大型台風が、九州を斜めに走り抜けて、大きな被害を与えていたのだ。

ふと、視線を遠くにやると、まだ、青いシートで蔽《おお》われている家の屋根が、点々と見えた。屋根瓦《がわら》が不足していて、復旧できずにいるのだろう。

（この天災の大きさに比べたら、おれの今度のことなど、小さなものじゃないか）

と、西本は、自分にいい聞かせた。それで、少しは、気が楽になれるだろうか？

本殿傍《わき》の社務所の周辺も、銅でふいた屋根の一部がこわれ、それを職人が、直していた。

西本は、そんな様子を宇佐駅で買った使い捨てカメラで、何枚か撮った。

本殿の横には、願い事を書いた小さな絵馬が、びっしりと下っている。気をまぎらせようと思って、一枚ずつ見ていった。

さすがに、W大に合格させて下さいといった受験のものが多いが、中には、「今の夫と別れさせて下さい」とか、「会社の上司が横暴で困ります。死ぬといいと思います」といった物騒な願いの文句もあった。

ふと、「新谷みやこの奴、死ねばいい」と書いて、吊《つ》り下げておいてやろうかと思ったが、西本は、小さく首を振って、止《や》めることにした。

2

宇佐駅に戻ったが、バスの姿は、なかった。タイミングが悪いのだろう。

西本は、面倒くさくなって、タクシーに乗ることにした。こんな時だから、少しぜいたくをしてみようという気もしたのだ。

駅前にとまっていたタクシーに乗り、中年の運転手に、

「国東半島を廻りたいんだ」

と、いうと、いい客と思ったのか、相手は、ニッコリした。

人の好さそうな運転手は、国東半島の観光地図を西本に渡してよこしてから、

「国東の何処《どこ》へ行きます？」

と、きいた。

「磨崖仏《まがいぶつ》を見たいんだ。国東にホテルは、あるの？」

と、西本は、きいた。

「大きなホテルはありませんが、大分空港の近くに、リゾート・ホテルがありますよ。そこで良ければ、ご案内しますが」

「大分空港？」

と、きき返してから、西本は、

「そうだ。大分空港は、大分じゃなくて、この国東半島にあるんだったね」

「そうなんですよ。空港と別府・大分との間には、ホーバークラフトが、運航されています。大分までなら、ホーバーで、二十五分で行ける筈《はず》ですよ」

タクシーの運転手は、観光地のそれらしく、すらすらと教えてくれた。

最初に、国東半島で最大の磨崖仏といわれる熊野《くまの》磨崖仏を見ることにした。

国道10号線を別府方向にしばらく走り、立石から、国東半島に入って行く。黙っていては、気が滅入《めい》るので、西本は、運転手と話をした。

「去年の台風は、大変だったらしいね」

と、西本が、いうと、

「そのあと、今度は、サメ騒動ですからね。踏んだり蹴《け》ったりですよ」

と、運転手がいう。

「サメ騒動は、まだ続いているの？」

「一応、了《おわ》りましたがね、まだ、サメがいるかも知れないし、私の親戚《しんせき》に漁師がいるんですが、今でも怖くて、船を出せないと、いっていますよ」

熊野磨崖仏に着いた。といっても、問題の磨崖仏は、山の頂上にあって、タクシーが着いた場所には、茶店と土産物店を兼ねた店が、三軒ほどあるだけだった。

二百円払って、鬼が作ったという石段を山頂に向って登っていく。石段といっても、しっかりした石段があるわけではなく、石が無くなっている場所もあって、登りにくいことおびただしい。入口のところには、そのためだろう、長い竹の杖《つえ》が、何本も置かれてある。西本も、その一本を手にして、登って行った。

両側は、うっそうとした林で、やたらに小鳥の鳴き声が聞こえてくる。西本の他《ほか》に、四、五人の観光客がいたが、その中の老人は、途中で疲れたのか、石に腰を下して休んでいる。

西本も、次第に息がはずんできて、汗が出てくる。いつもなら、登るのを止めてしまったかも知れないが、今日は、苦しいことが、かえって気持がよかった。苦しくなればなるほど、あの事件のことが、頭から離れていってくれたからである。

二十分ほど登ると、山頂に着いた。休めるように、ベンチがいくつかあり、木の柵《さく》の中に問題の磨崖仏が、そびえ立っている。

文字通り、崖《がけ》に彫られた仏である。正面の仏は、七メートルはあるだろう。にこやかに笑って見えるのは、最初から、そうした表情の仏だったのか、それとも、長い間の風雨が、少しずつ石を削りとっていって、穏やかな風丰《ふうぼう》にしてしまったのだろうか。

柵に沿って歩いて行くと、今度は、厳しい表情の仏が現われた。

西本が、こちらの仏の方に惹《ひ》かれたのは、厳しい顔が、じっと何かに耐えているように見えたからだった。眼を閉じ、口を固く結んだ仏は、何を思っているのだろうか？

そんなことを考えながら、西本は、降り始めた。

入口の土産物店で、十津川警部への土産物を買うと、サービスだといって、甘酒をふるまってくれた。それを出してくれた女の店員のアクセントがおかしかったが、韓国から来ているのだということだった。九州は、韓国に近いので、それだけ人的交流も多いのだろう。そういえば、小倉駅の構内に、ハングルの表示が、眼についた。

その店を出て、タクシーの待つ場所へ歩いて行く。その時、ふと西本は、自分が、誰かに見られているような気がした。

（今度の事件で、怯えてしまったのだろうか？）

と、思いながらも、背後を振り返った。

誰もいない。

（気のせいだったのか？）

と、思い、また歩き出すと、再び誰かに見られている感じがする。それは、刑事の勘に似ていた。

タクシーのところまで行き、乗り込んでから、そっと振り向いて見た。

サングラスをかけた男が、西本が土産物を買った店とは、別の店から出て来て、登山口の方へ歩いて行くのが見えた。

（あの男の視線だったのだろうか？）

西本を乗せたタクシーが、動き出した瞬間、その男が、ちらりとこちらを見たような気がした。

「次は、何処へ行きましょうか？」

と、運転手が、きいた。

「海が見たくなったね」

と、西本は、いった。

3

道路は、よく舗装されている。その上、ほとんど対向車がないので、快適なドライブだった。

西本が、夕方までにホテルに着けばいいというと、運転手は、それならまず、姫島を見に行きましょうと、いった。昔、朝鮮半島から美しい姫が、この島に渡って来たので、この名前がついたといわれる。

「委《まか》せるよ」

と、西本は、いった。

何処を走っているという詳《くわ》しいことは、わからなかったが、九州の右肩にコブのように突き出ている国東半島を斜め右上に向って、走っていることだけはわかった。

小さな磨崖仏があると、運転手は、スピードをゆるめた。畳一畳ほどの狭い崖に、二体から三体の仏が、彫り込んである。どこか、道祖神に似ている。

「国東に温泉がいっぱい出れば、もっと観光客が来るんでしょうがね」

と、運転手は、残念そうにいった。

だから、観光客の大半は、別府に行ってしまうのだと、いう。

「国見町」の表示板が見えて、やっと海岸線に出た。

昼を過ぎていたので、西本は、運転手を誘って、海沿いの食堂に入った。

窓際《ぎわ》のテーブルに腰を下すと、姫島が、見えた。この近くから、島まで、フェリーが出ているという。

相変らず、どんよりした空だが、海は、眠っているように、穏やかだった。

運転手が、このあたりの名物料理があるというので、それを注文することにした。三平汁に似たもので、野菜の中に、きしめんに似たものが入っていた。味噌《みそ》味だが、ちょっと甘くて、美味《うま》い。

二人の他に客はなく、がらんとした店の中が、いかにもシーズンオフの感じだった。

「テレビをつけて貰《もら》いましょうか?」

と、運転手が、いった。

「いや、別に見たくない」

と、西本は、いった。

ひと休みしてから、今度は、海岸線を大分空港に向って、走ることになった。

海沿いの道路も、よく舗装されている。小さな漁港が、点在していて、漁船が、ひしめいている。やはり、サメ騒動の余波で、出漁を控えているのだろうか?

半島の内部を走っている時は、家並みもまばらだったが、海岸線は、家の数が多い。たいていの家が、民宿の看板をかかげているのは、夏には、海水浴客が、来るのだろう。

海岸線を走り続けるうちに、表示が、国見町から、国東町に変った。更に走ると、やっと空港が、見えてきた。

海に面して作られた可愛《かわい》らしく、真新しい空港だった。ホーバークラフトの発着場が、設けられているのが見えた。

「東京、名古屋、大阪、広島、沖縄、鹿児島から、飛んで来ていますよ」

と、運転手が、教えてくれた。

その近くにあるホテルに、運転手は、西本を案内した。西本が、熊野の磨崖仏を見に行っている間に、車の無線電話を使って、予約してくれていたのだという。

空港の近くにあるせいか、小さいが、広い駐車場を持ったホテルである。西本は、運転手に礼をいい、料金を払ってから、ロビーに入った。

シーズンオフのリゾート・ホテルのフロントには、若い女性が一人いるだけだった。ロビーに、自動販売機が、何台も並んでいる。

西本は、大学時代の友人、島野敬の名前を無断借用して、宿泊カードに記入し、三階の部屋に入った。

しばらく、ためらってから、東京の警視庁捜査一課に電話をかけた。十津川警部を呼んで貰うと、

「西本か。どうだ？　大丈夫かね？」

と、向うから、きいてくれた。

「大丈夫です。国東で磨崖仏を見ていたら、気持が落ち着きました」

と、西本は、多少の嘘《うそ》をついた。

「そうか。それなら、国東へ行った甲斐《かい》があったじゃないか」

「ええ。それで、そちらは、どんな具合ですか？」

と、西本は、きいた。

「正直なところを知りたいかね？」

「はい」

「今日の午後三時のテレビの芸能ニュースに、新谷みやこが、出演してね」

「知っています」

「見たのか？」

「いいえ。見ませんが、新聞のテレビ欄に出ていましたから」

「そうか。彼女、女優らしく、涙を流して、暴行された被害者を熱演して見せたよ。大した女さ。例の写真をちらりと見せたりしてね」

「その影響は、ありましたか？」

「大挙して、マスコミが、押しかけて来たよ。君のマンションの方にも、張り込んでいるね」

「そうですか」

「新谷みやこは、一躍、人気者だ。他のテレビからも、出演依頼が殺到しているということだし、映画の準主役の出演の話も来ているということだよ」

と、十津川は、いってから、

「ひょっとすると、君は、新谷みやこの人気取りに、利用されたのかも知れないな」

「人気取りですか？」

「そうだ。彼女は、AV女優としても、新人だ。無名の女優が、何とかして有名になりたいと思った。プロダクションだって、同じ思いだろう。マネージャーもね。だが、有名タレントや野球選手とのスキャンダルじゃあ、今や、ありきたりだし、彼等の方も、用心して、AV女優には、近づかない。そこで、新手を考えた。レイプされたが、勇気を持って告発した女という売り出し方だよ。それも、レイプした相手が、国家権力の象徴みたいな刑事なら、同情を引くには、もって来いだ」

と、十津川は、いった。

「それに、私が、利用されたというわけですか？」

西本は、眼を光らせて、きいた。

「そうだよ。それなら、君が、彼女やプロダクションの社長、それにマネージャーを知らないことも、納得できるじゃないか。たまたまプロダクションの人間の中に、君が、刑事であることを知っているのがいた。それで、君に白羽の矢が立った」

と、十津川は、いう。

「畜生！」

と、思わず、西本は、呟《つぶや》いた。

「私とカメさんで、城南プロの人間を調べてみよう。君のことを知っている奴《やつ》がいないかどうかをね」

「私も、東京に戻ります」

「いや、君は、もう少し、身を隠していた方がいい。目鼻がついたら、連絡するよ。それより、疲れてないか？」

「ええ。今日は、少し疲れました」

「それなら、明日は、別府へ行って、温泉でゆっくり休み給《たま》え。今は、シーズンオフだから、ホテルは、取れると思うよ」

と、十津川は、いった。

翌日、西本は、十津川にいわれた通り、ホテルからタクシーに乗り、まっすぐ別府に向った。

別府では、タクシーの運転手のすすめてくれた杉乃井《すぎのい》ホテルに、泊ることにした。別府では、一番大きなホテルだという。

確かに、巨大なホテルだった。

案内された部屋は、十階で、窓のカーテンを開けると、遠く、別府湾が見えた。近くに、白い蒸気が噴きあがっているのが、何ケ所か、見ることが出来た。

ベッドに腰を下し、西本は、新聞を広げた。いやでも、テレビ欄に眼がいく。

出ていた。

午前八時半から始まるテレビのモーニングショウに、ちゃんと新谷みやこの名前が、載っていた。

午後二時には、Kテレビに、彼女が、出演する。十津川のいう通り、各局で引っ張りだこなのだ。

癪《しゃく》に障るが、午後二時になると、西本は、Kテレビを見ることにした。

ニュースキャスターの男が、ジェスチュア入りで、

「今日は、時の人というのが適当かどうかわかりませんが、とにかく、皆さんが聞き

たいという相手、女優の新谷みやこさんをお迎えしています」

と、喋《しゃべ》る。

みやこは、崎田弁護士と一緒だった。

彼女が、西本に監禁され、暴行された模様を話し始めた。途中から、涙声になってきた。なかなかの演技だった。刑事だというので安心していたら、いきなりマンションに連れ込まれ、監禁されて、暴行された。こんなことを続けられるのなら、死んだ方がましだと思い、部屋にあった睡眠薬を全部飲んだ。そんなことを話しながら、

「あの時は、本当に死にたいと思った」と、涙ながらに、訴えるのだ。

崎田弁護士の方は、冷静な口調で、十津川警部と二人で、西本の部屋を捜した時のこと、写真のことをキャスターに説明した。

ゲストの女性評論家などは、怒りをあらわにして、

「こんな刑事は、絶対に許せませんよ！　刑務所に放り込めばいいんです！」

と、叫んだ。

アシスタントの若い女性アナウンサーが、

「ただ今、視聴者の方々から、続々と電話が入っています。その全《すべ》てが、犯人の刑事は、けしからん、厳罰に処すべきだというものです」

「当然の反響だと思いますね」

と、ゲストの女性評論家は、大きく肯《うなず》いている。

朝のモーニングショウは、見ていないのだが、多分、同じような雰囲気《ふんいき》だったのだろうと、思った。

テレビを切ったあとは、温泉に入る気にもなれず、ベッドに仰向けに寝て、西本は、しばらく天井を眺めていた。

十津川警部やカメさんは、新谷みやこたちが、彼女の売り込みのために、現職刑事である西本を利用したことを証明できるのだろうか？

西本は、十津川を上司として、尊敬しているし、亀井《かめい》刑事を信頼している。だが、今のテレビのような、派手なパフォーマンスを見せられると、どうしても不安になってくるのだ。あのテレビを見た人たちは、百人中、少くとも九十人は、真実だと、思い込むだろう。それを覆《くつがえ》すのは、大変だ。

考えている中《うち》に、窓の外が暗くなった。夕食は、下の食堂へおりて行かなければならない。

西本は、浴衣姿で下へおりて行った。和食は、懐石料理だった。あまり食欲はない。食事をすませると、気をまぎらせようと、土産物のコーナーを見て歩いた。

やたらに大きなホテルである。広い渡り廊下を歩いて行くと、大きな劇場があって、アメリカのダンサーたちが、ショウをやっていたり、ボウリング場があったり、カラオケボックスがあったり、さまざまな大浴場がある。家族連れの姿が多いのは、そうした層を開拓しようとしているのか。

西本は、歩き疲れて、自分の部屋に戻った。

部屋に備付けの冷蔵庫から、缶ビールを飲んでいるところへ、電話がかかった。

十津川警部からだろうと思い、

「西本です」

と、いうと、男の声が、

「ああ、やっぱり、あなたですね」

と、いった。電話の向うで、笑っている気配がした。

(失敗《しま》った)

と、思った。マスコミ関係の人間なら、すぐにも押しかけてくるのではないか。そう思って、切ろうとすると、

「あなたの味方ですよ。今度のことでは、同情しているんです。あの女のことは、よく知っていますが、ひどい女ですよ。有名になるためなら、どんなことでもする奴で

す」

　と、相手は、いった。

「あなたは、誰なんですか？」

　と、西本は、きいた。

「去年、危うく彼女に引っかけられそうになった人間です。名前は、田中とでもしておいて下さい」

「もし、それが、本当だったら、私の上司の十津川警部に、電話してくれませんか」

「それは、出来ません」

「なぜですか？」

「実は、私には、一つ弱みがありまして、またあの女に、それを利用されたんです。どんな弱みかはいえませんが、とにかく公《おおやけ》になると困るのですよ」

　と、相手は、いった。

「十津川警部が、あなたが困るようなことはしない筈です」

「しかし、私としては、怖いのです。法律に触れることなのでね。また、そうなれば、私の証言だって、効力がなくなってしまいます。それより、私は、彼女について、彼女が大変な嘘つきだという証拠を持っているんです。それをあなたに差しあげたい」

と、男は、いった。

「そんなものが、本当にあるんですか？」

「あります。それをこれから、あなたに渡したい。今もいったように、私には、弱みがあるので、使えません。あなたが使って、あの女を叩《たた》きのめして下さい」

「これから――？　今、近くにいるんですか？」

「ええ。別府へ来ています」

「じゃあ、このホテルに来て下さい」

「それは、出来ません」

「なぜです？」

「今いったように、私は、あの女が、大嘘つきだとわかるものを持っています。あの女やプロダクションの人間は、それを取り返そうと必死で、多分、私は、尾行されていると思うのです。そちらのホテルに、出かけていけば、見つかる恐れがあります。だから、出来ません」

「困ったな」

「まずければ、私は、東京へ帰ります。前に、旅行中に狙《ねら》われたことがあるので、怖いのです。それでは――」

「ちょっと、待って下さい」

と、西本は、あわてていい、

「何処でなら会えるんですか？」

「海地獄は、知っていますか？」

「行ったことはありませんが、有名な場所だから、わかると思います」

「じゃあ、その入口近くで、待っています。もう閉っているから、人に見られることもないと思います」

「わかりました。何時に会いますか？」

「十一時にしましょう。あなたのことは、マスコミが探している筈だから、尾行されないように、気をつけて下さい」

と、男は、いった。

「わかりました」

と、西本は、いった。

西本は、すぐ浴衣を服に着がえ、部屋を出た。

ホテルの前には、タクシーが、とまっていた。それに、乗り込んで、

「海地獄へ行って下さい」

と、頼んだ。

「もう閉っていますよ」

「それでいいんだ」

と、西本がいうと、運転手は、変な顔をしたが、そのまま車を走らせた。

別府には、地獄めぐりという名所がある。一ケ所にかたまっていて、それぞれ血ノ池地獄とか海地獄と呼ばれている。

そんな知識は、西本も、持っていたが、場所も、どんなものかも、知らなかった。

血ノ池地獄は、絵ハガキで見たような気がするのだが、はっきりした記憶でもなかった。

二十分ほど走ったところで、タクシーが、とまった。

道路からちょっと入ったところに、駐車場があり、その正面に、海地獄という大きな看板が、かかっている。脇《わき》の方には、こちらは、何か遠慮がちに、山地獄の看板があった。

昼間は、駐車場に、観光バスやタクシーなどが、とまって、賑《にぎ》やかなのだろうが、夜の十一時近い今は、ガランとして、静まり返っている。

タクシーを帰して、西本は、駐車場を横切って、海地獄の入口の方へ、ゆっくり歩いて行った。

入口も、切符売場も、もちろん閉っている。

とにかく、静かだった。園内で、噴出している蒸気の音が聞こえてくるだけである。

西本は、煙草《たばこ》に火をつけ、じっと電話の主を待った。

約束の十一時を回った。が、誰も現われない。西本の足元の吸殻《すいがら》だけが、増えていく。西本は、辛抱強く待った。ここまで、新谷みやこたちに、一方的にやられ、西本は、ひたすら身を隠しているだけだった。それを引っくり返せる可能性があるかも知れない。

その気持が、西本を辛抱強く、待たせたのだ。

十一時半になり、十二時になった。が、誰も現われない。

(だまされたのか?)

と、思った。追いつめられた気持でいる西本をからかったのではないか。

西本は、空になった煙草の箱を潰《つぶ》して、近くにあった屑箱《くずばこ》に投げ込み、歩き出した。

急に、不安が、襲いかかってきた。これは、単に、からかわれたのではなく、一つの罠なのではないのかと、思ったからだった。

背筋に、冷たいものが、走った。

ホテルを出たのが、十時二十分。それから、今まで、アリバイが、無いことになるのだ。そのことが、西本を慌《あわ》てさせた。

道路に出ると、タクシーを止めて、乗った。

「杉乃井ホテルにやってくれ」

と、いってから、西本は、自分を覚えさせようと、運転手に話しかけた。

少しでも、アリバイの無い時間を短かくしようと、思ったのだ。

ホテルに着くと、フロントでも、

「この時間でも、マッサージを呼べるかね？」

と、きき、駄目《だめ》だといわれると、

「残念だな。肩が、張っちゃってね」

と、いったりした。

自分の部屋に入ってからも、落ち着けなかった。想像は、どうしても悪い方向に走ってしまうからである。

十津川や亀井に話したら、多分、刑事のくせに、なぜ、そんな誘いにのったのかと、叱《しか》りつけられるだろう。

（まずいな）

と、思ったが、どうすることも、出来ない。

海地獄の前には、西本以外に、誰もいなかった。だから、あの場所にいた一時間余りのアリバイを今から作るのは、難しいのだ。

朝になった。

何事もない。朝食をとりに下りて行くが、何の変化もない。

（気のせいだったのだろうか？　昨夜の男は、約束した場所に、来ようとしたが、何か事情があって、来られなかっただけなのか）

それなら、心配することはないのだ。

西本は、そう思い、いくらか気が楽になって、朝食を終え、エレベーターに乗ったのだが、部屋の近くまで来たとき、ふいに、二人の男に呼び止められた。

「警視庁捜査一課の西本刑事ですね？」

と、一人が、いった。いい方は、丁寧だったが、語調に、押しつけるような感じがあった。

「あなた方は？」

と、西本は、きき返した。

もう一人の男が、警察手帳を見せた。

「大分県警の森中です」

「私は、青木です」

と、二人が、いう。

「それで、何の用ですか？」

「一緒に、署まで来て頂きたいのです」

「何のためです？」

「それは、署でお話しします。とにかく、同行して下さい」

と、長身の森中という刑事が、いった。

「上司の十津川警部に、連絡したいんですが」

と、西本がいうと、青木刑事が、

「それは、私の方でやりますよ」

と、冷静な口調でいった。

逃がさないぞという気配が、嫌《いや》でも西本に伝わってくる。

西本は、狼狽《ろうばい》を二人に知られまいとして、わざと微笑して、

「何かわかりませんが、同行しますよ」

と、いった。が、笑いが、ぎこちないのが自分でもわかった。

手錠こそかけなかったが、二人の刑事は、両側から、西本を押さえる感じで、ホテルの外のパトカーまで、連れて行った。

連れて行かれたのは、別府警察署だった。

すぐには、訊問《じんもん》されなかった。二人の刑事は、上司と、何か相談している。それが、時間が、かかった。

十五、六分も待たされてから、西本は、取調室で、三浦という若い警部と、向い合わされた。

「新谷みやこという女性を知っていますね？」

と、三浦は、きいた。彼の言葉遣いも丁寧だった。それは、西本が、本庁の刑事だからだろう。しかし、それが、反感と裏腹なことを西本は、知っている。

「知っています」

と、西本は、短かくいった。変な言質《げんち》をとられたくなかったからである。

「彼女を憎んでいますね？」

と、三浦警部が、きく。

「ちょっと、待って下さい。私と新谷みやこのことは、個人的な問題です。なぜ、大分県警が、介入してくるんですか？」

と、西本は、きいた。

「もちろん、個人の問題に、われわれだって介入する気もないし、したくもありませんよ。しかし、新谷みやこが、この別府で殺されたとなると、黙って見ているわけにはいかないのですよ」

三浦は、厳しい表情で、西本を見すえた。

西本の顔色が、変った。

「それ、本当ですか?」

「今朝、死体で発見されたんです。首を絞められてです。死亡時刻は、昨夜の十一時過ぎと思われるのですよ。西本さんは、昨夜、何処で、何をしておられたか、それを教えて頂けませんか?」

「私が、殺したと、いうんですか?」

「断定はしていませんよ。彼女と、問題を起こした西本さんが、同じ別府に来ているとわかったので、事情をお聞きしているだけのことです。何か、まずいことでもあるんですか?」

三浦は、のぞき込むように、西本を見て、きいた。

「彼女は、なぜ、別府へ来ていたんですか?」

　と、西本が、きくと、三浦は、不快げに顔をしかめて、

「質問しているのは、私ですよ。昨夜、何処で、何をしていたか、答えて下さればいいんです」

「私は、殺していませんよ」

「そんなことは、聞いていませんがね」

　と、三浦が、いった時、先刻の森中刑事が、取調室に入って来て、小声で三浦に、何かいった。

　とたんに、三浦の態度が、変った。

「西本功」

　と、呼び捨てにして、

「君を新谷みやこ殺害容疑で、逮捕する」

　と、いった。

第三章　国東《くにさき》の死

1

西本が、殺人容疑で逮捕されたという知らせは、捜査一課に強い衝撃となって、伝えられた。

「とにかく、向うへ行ってくる」

と、十津川は亀井にいった。

「私も、一緒に行きましょうか？」

と、亀井がきく。十津川は、ちょっと考えてから、

「カメさんには、殺された新谷みやこの周辺を調べて貰いたいんだ。特に、彼女の所属していたプロダクションのことをだ」

「真犯人は、連中の中にいると、お考えですか？」

「多分ね。特に、マネージャーのことを調べておいて欲しい」

と、十津川は、いった。

十津川は、その日、一三時一〇分発のＪＡＳに乗り、九州に向った。

大分空港に、一四時四〇分に着くと、連絡バスに乗って、別府に向う。飛行機の中でも、バスの中でも、十津川は、西本に旅行をすすめたのは、失敗だったと、自責の念にかられていた。むしろ、東京で、仕事をさせておいた方が良かったと思うのだ。

それなら、彼が二度も罠《わな》にはめられることはなかったのではなかったか。少くとも、それを阻止《そし》してやることが、可能だったのではないか。

別府警察署に着くと、「海地獄裏女性殺人事件捜査本部」の看板が出ていた。

十津川が、受付で、名乗ると、待っていたのだろう、すぐ、二階へ通され、事件を担当することになった三浦という警部が、応対に出た。

三十代前半と思われる若い警部である。

「われわれとしても、同じ警察の人間ですから、逮捕はしたくなかったんですがね」

と、三浦は、肩をすくめるようにして、いった。

「西本刑事に会いたいんですがね」

と、十津川はいった。

「今は、取調べ中なので、無理です」

「取調べ中？」

「頑固《がんこ》に、否認しているので、こちらとしても、手を焼いているんです。この分では、取調べは長引きますね」

「無実だから、否認しているんですよ」

「十津川さんが、そう思いたいというお気持はわかりますが、東京で、新谷みやこと、西本刑事の間には、あれほどのことがあり、それが、尾を引いて、今度の事件になったと、考えているんです。それに、彼をホテルから、現場に運んだタクシー運転手も見つかっているんです。それも、西本刑事は、否定しているんですから、話になりません。徹底的に追及しますよ」

若い三浦は、挑戦《ちょうせん》するように、十津川を見つめていった。

「東京の事件も、西本刑事が罠にはめられたんですよ」

と、十津川はいった。

「そうはいっていない人もいますね。第一、女優が、レイプされたと嘘《うそ》をいうとは、考えられませんよ。自分も大いに傷つくわけですからね」

「それでも名前を売るために、事件をでっちあげる人がいるんです。現に、彼女はそうしました」

「しかし、あれは、事実だという主張もあるわけでしょう？　現に、事実として警察を批判したマスコミも多かったじゃありませんか？」

と、三浦はいう。

彼の机の上には、何冊かの週刊誌が置かれていた。あの事件を報じた週刊誌である。

十津川は、それらの雑誌に、眼《め》をやってから、

「西本刑事が、新谷みやこを殺した証拠というのは、タクシー運転手の証言だけですか？」

「証言の内容が、問題なんですよ。すでに閉っている海地獄に、あんな時間に出かける人間なんかいませんよ。運転手も、もう閉っていますよといったのに、西本刑事は、それでいいんだといって、現場へ行ったわけです。彼が、あそこに、新谷みやこを呼び出して、殺したことは、間違いありませんよ」

「彼女は、西本刑事に、レイプされたんでしょう。とにかく、そういうことになっている。とすれば、西本刑事が呼び出したって、のこのこ出かけてはいかないんじゃありませんか？」

と、十津川はいった。

「西本刑事は、レイプした時も、刑事という肩書を利用しています。今度も、それを利用したに違いないと思っていますよ」

「彼には、私が、旅行でもして来たらと、すすめたんです。気分転換にね。それが、なぜ、彼女を殺すんですか？　第一、彼女は、なぜ、別府に来ていたんですか？」

「確かに、西本刑事が、気分転換に、旅行に出ていたことは、認めているし、その通りだと思います。ところが、別府へ来たとき、新谷みやこを、見かけたんだと思いますね。本当なら、謝罪しなければならないのに、彼はカッとした。彼女さえ、黙っていたら、おれは、マスコミにも叩かれなかったし、逃げ廻《まわ》らなくてもすんだのにと思い、また、彼女を脅《おど》したんだと思いますね。逆恨みだが、その気持はわからなくもない。まさか、刑事を告発するとは思っていなかったんだと思いますよ。それで、別府でも、脅したんだと思います。夜おそく、海地獄の前に呼び出し、来なければ殺すと、でも、いったんだと思います。そして、難詰《なんきつ》している中《うち》に、カッとして、首を絞めて、殺してしまったに違いないんです」

三浦は、いっきにまくし立てた。

「彼が、新谷みやこを殺すところを目撃した人間がいるんですか？」

十津川も、つい、強い調子できく。

「それはありませんが、アリバイはないし、この別府で、彼女を殺す動機を持っているのは、西本刑事だけですからね」

と、三浦はいった。

「それで、まだ、西本刑事に会わせて貰《もら》えませんか？」

「今日は、無理ですよ。取調べを、続けなければなりませんからね」

と、三浦は、そっけなくいった。

2

十津川は、仕方なく、別府署を出ると、西本が泊っていた杉乃井ホテルに、チェック・インした。

西本が、新谷みやこを殺すことは、あり得ない。それは、西本への信頼でもあるが、合理的でもないからだ。

西本が、彼女を殺しても、何の利益にもならない。それも、別府で殺せば、自分が疑われることは、わかり切っているのに、西本がそんな間抜けなことをする筈がない。

カッとして殺したくなったとしても、別府では殺さないだろう。どう考えても、西本が犯人ではあり得ないのだ。

十津川は、十階の部屋に落ち着くと、窓から、別府の町を見下しながら、いろいろと考えた。

第一の疑問は、なぜ、新谷みやこが、別府に来ていたか、ということだった。

西本が、別府に行くことを知っていて、彼女も、別府にやって来たのだろうか？

（しかし、西本が、国東と別府に行くことは、急に決ったのだ。それも、西本が、自分で決めたのだ）

もし、それでも、西本が、国東、別府に来ているのを知って、新谷みやこが、やって来たのだとすれば、尾行したとしか考えられない。

もちろん、彼女が尾行したとは限らない。何者かが、西本を尾行し、彼女を連れて来たのかも知れない。

そして、この別府で、新谷みやこを殺し、西本をその犯人に仕立てあげたのか？

（だが、犯人は、なぜ、そこまで執拗《しつよう》に、西本を追い込もうとするのだろうか？）

それが、わからなかった。

捜査一課の刑事は、主に殺人事件を扱う。感謝されることもあれば、恨まれることもある。特に、逮捕して、刑務所に送り込んだ犯人や、その家族には、恨まれているだろう。

十津川自身も、二年前、刑務所に入れた犯人の弟から、刺されかけたことがある。だから、西本が、狙《ねら》われることは、別に不思議はない。ただ、今度の場合は、相手の出方が、陰湿で、執拗すぎる気がしてならないのだ。

遅い夕食のあと、十津川は東京の亀井刑事に、電話をかけた。

「何かわかったかね？」

と、きくと、亀井は、

「彼女の属している城南プロには、これといった動きは、ありません。社長の小野木に会って来ましたが、昨夜は、自宅マンションにいたと、いっています」

「林というマネージャーは、どうなんだ？」

「昨日から新人の藤谷マキという歌手を連れて、広島へ行っているそうです」

「広島？」

「そうです。林は、新谷みやこのマネージャーだけでなく、この藤谷マキという十九歳の若い新人歌手のマネージャーもやっているんです」

「それで、間違いなく、広島へ行っているのか？」

「広島市内のN会館で、昨日から、今日まで、二日間、歌まつり選手権というイベントがあって、藤谷マキは、それに出演しているわけです。城南プロの社長は、林マネージャーに、別府へ行くように、指示したと、いっていました」

「新谷みやこが、なぜ、別府に来ていたのか、その理由は、何ていっていたね？」

「彼女が、身心ともに、疲れ切っているようなので、ゆっくり休んで来いといって、三日間の休暇をやったといっています。九州へ行ってみるといっていたが、別府へ行ったのは知らなかったと、社長は、いっています」

と、亀井は、いう。

「身心ともに、疲れ切ったか。テレビに出まくって、自分を売っていたのにかね」

十津川は、苦笑した。

「私も、おかしいとは思いますが、向うの社長は、そういっています」

「わかった」

「そちらはどうですか？　西本刑事に、会えましたか？」

「まだ、会えないよ」

「会わせないんですか？」

「それも、半分は、あるね」

と、十津川は、いった。

十津川は、そのあと、別府署の三浦に電話をかけ、城南プロの林マネージャーが、来たかどうか、聞いてみた。

「一時間前に、見えましたよ。念のために、新谷みやこを、確認して貰いました」

と、三浦は、いう。

「今から、そちらへ行きます。林マネージャーに会いたいので、待たせておいて下さい」

と、十津川は、頼んだ。

ホテルを出て、タクシーで、別府署に向った。

林マネージャーは、待っていてくれた。背が高く、美男子の林は、ライターを、手の中で弄《もてあそ》びながら、

「僕に、何のご用ですか？」

と、きいた。

「昨日は、広島におられたそうですね？」

十津川は、そんなことから、きいた。

「ええ。新人歌手のお守りですよ。わがままな娘《こ》なので、大変です」

と、林は、笑った。

「昨日は、広島のホテルに、泊ったわけですね？」

「ええ」

「新谷みやこさんが、別府に来ていたことは、知っていましたか？」

「いや。九州方面を旅行してきたいとは、いっていましたがね」

と、林は、いった。

「彼女には、三日間の休暇を与えた？」

「ええ。そうなんです。疲れ切ったというので、社長が、三日間の休みを、彼女に、与えたんですよ」

「なぜ、あなたが、同行しなかったんですか？」

と、十津川が、きくと、林は、肩をすくめて、

「ひとりになって、リラックスしたいといっていたし、マネージャーが一緒じゃ、本当の休暇には、なりませんからねえ」

「昨夜、広島のホテルに、間違いなく、おられたんですか？　午後十時から、十一時にかけてですが」

「ちょっと待って下さいよ。彼女を殺したのは、西本というあの刑事なんでしょう？

なぜ僕が、アリバイを聞かれなきゃならないんですか？」

　と、林は、きき返した。

「私はね、東京でのレイプ事件も、ここ、別府での殺しも、全《すべ》て、西本刑事を罠にはめるために、仕組まれたものだと、確信しているんですよ」

　と、十津川は、林を、まっすぐ見つめて、いった。十津川にしてみれば、林に対して、宣戦布告するつもりだった。

　林は、小さく笑って、

「あなたが、部下の刑事を、かばいたいというのは、よくわかりますよ。第一、警察にとっては、大きな汚点ですからねえ。しかし、誰が見たって、新谷みやこをレイプしたのは、西本刑事ですよ。証拠の写真だってある。それを、逆恨みして、今度は、彼女を、殺してしまったんだ。これは、間違いない事実ですよ」

「あなたは、いくつでしたかね？」

　と、十津川は、きいた。

「三十五歳ですが、それが、何か？」

「前科は？」

「訊問《じんもん》ですか？」

「前科は、ありますか？」

「ありませんよ。スピード違反を二回してますが、あれが、前科になるんなら、前科二犯ですがね」

「おたくの社長さんは、どうですか？」

「小野木社長ですか？　知りませんね。ご自分で、聞いてみたら、どうですか？」

「あなたは、警察が、嫌《きら》いですか？　特に、刑事が？」

と、十津川が、きくと、林は、「ああ」という表情になって、

「僕や、社長が、警察嫌いだから、今度の事件を、でっちあげたとでもいうつもりなんですか？」

「どうなんですか？」

と、十津川は、ニコリともしないで、きいた。

林は、また、笑って、

「あいにく、僕も、社長も、警察は好きなんですよ。今度のような事件があっても、その気持は、変りませんね。まあ、刑事さんの中にだって、ワルはいる。どんな世界にだって、例外は、ありますからね」

（したたかな男だな）

と、十津川は、思った。

十津川が、黙っていると、林は、悪のりした感じで、

「去年の十月には、うちの新人歌手が、警察官のご苦労をテーマに、『紅色の交番』という歌を発表しましてね、全国の警察を、廻ったことがあるんですよ。あまり売れませんでしたが、警察庁から表彰されましてね」

と、いう。

「だからといって、私の、あなた方に対する疑惑は、消えませんよ。私は、あなた方が、西本刑事を罠にかけたと、信じているんです」

十津川は、負けずに、いい返した。

林は、小さく肩をすくめて、

「困りましたたねえ。僕たちが、何のために、そんなことをするんですか？　芸能プロダクションの仕事なんて、弱いものでしてね。警察を敵に廻すような真似《まね》は、死んだって、やりませんよ。他のプロダクションの責任者に聞いてみて下さい。よくわかりますから」

と、いった。

林の態度には、腹が立つが、今の言葉は、十津川を、納得させた。

確かに、芸能プロダクションが、求めて、警察を敵に廻すようなことはしないだろう。警察が、介入すれば、プロダクションの死命を制することが出来るからだ。

（とすると、城南プロは、どんな動機で、西本刑事を、罠にはめたのだろうか？）

十津川は、わからなくなってきた。

林は、十津川の当惑した表情を、楽しむように見て、

「十津川さんも、不肖の部下を持たれて、大変ですねえ。同情しますよ。僕なんかも、いいタレントを持てれば幸運なんですが、箸《はし》にも棒にもかからないタレントを持つと、泣かされますからねえ」

と、いった。

十津川は、思わず、拳《こぶし》を握りしめたが、殴りつける代りに、

「新谷みやこも、悪いタレントというわけですか？」

と、いった。

「とんでもない。彼女は、これから、うちのプロダクションを儲けさせてくれる金の卵だったんですよ。それを、これからという時に、殺されたんですから、うちのプロダクションにとって、大変な損失ですよ」

と、林は、大きな声を出した。

「そんな大切なタレントなら、なぜ、ひとりで、旅に出させたんですかねえ」

「いいタレントというのは、わがままでしてねえ。ひとりで、旅行したいというのを、僕が、ついて行ったら、彼女、ヘソを曲げてしまいますからねえ」

「本当は、ついて行ったんじゃないんですか？　この別府の海地獄まで」

「あなたが、そう思いたい気持は、わかりますがねえ。僕は、ずっと、広島のホテルにいたんですよ。十津川さんに、忠告しておきたいことがあるんですがねえ」

と、林は、いった。

「何ですか？」

「人間は、潮時が、大切だということですよ。僕は、生存競争の厳しい芸能界で生きて来たので、よくわかるんですがね。負け戦とわかっているのに、未練たらしく、しがみついていると、どんどん、深みにはまっていって、身動きがとれなくなりますよ。今なら、一刑事の不祥事で、すみますが、下手をすると、警察全体の不祥事になって来て、総監の首だって、飛ぶことになりかねない。それを、考えた方がいいんじゃありませんかね」

「脅迫ですか？」

と、十津川は、相手を睨《にら》んだ。

林は、大げさに、眼をむいて、

「とんでもない。僕たちのような小さなプロダクションが、桜田門に刃向かえる筈《はず》がないじゃありませんか」

と、いった。

3

十津川は、林の傍《そば》を離れると、深呼吸をして、

（怒るなよ）

と、自分に、いい聞かせた。

明らかに、林は、こちらを、挑撥《ちょうはつ》しているのだ。怒って、彼を、殴りつけたら、それをまた、告発のタネにするだろう。

十津川は、わざと、別府署の外に出て、公衆電話から、東京の亀井に、連絡をとった。

「一つ調べて貰いたいことがあるんだ」

「どんなことですか？」

「新谷みやこの所属している城南プロの経営状況を調べてみてくれ」

と、十津川は、いった。

「それが、今度の事件と関係がありますか？」

亀井が、当然の質問をしてくる。

「わからん。ただ、西本刑事は、新谷みやこに、前に会ったことはないといっているし、プロダクションの社長と、マネージャーの名前にも、記憶がないといってるんだ。それにも拘《かかわ》らず、西本刑事は、連中によって、罠にかけられた。何か、理由がある筈なんだよ」

「それで、城南プロの経営状況ですか？」

「ああ、連中について、どんなことでも、調べてみようと思ってね。動機がわからないと、彼等を犯人と断定できないんだ」

「わかりました。調べてみます」

と、亀井は、いった。

十津川は、林に会った状況を説明してから、

「私は、これから、広島へ行って、林のアリバイを調べてくるつもりだ」

と、いった。

電話をすませてから、十津川は、小倉まで、特急『にちりん』で行き、小倉から、新幹線に乗った。

広島に着いたのは、午後十時少し前である。そのまま、Sホテルに向った。昨日、林と城南プロ所属の女性歌手藤谷マキが、泊ったホテルである。

その藤谷マキは、仕事をおえて、ひとりで東京に、帰ってしまっていた。

十津川は、時間が時間なので、今日は、このホテルに泊ることに決め、チェック・インの手続きをすませてから、フロント係に、林たちのことを聞いてみた。

「歌手の藤谷マキさんは、他の若い歌手やタレントの方とツインルームに、お泊りになって、林さんは、シングルルームに、お泊りでした」

と、フロント係は、いった。

「林さんは、ひとりで、シングルルームに泊ったんですか?」

「はい」

「藤谷マキの方は?」

「三人で、ツインルームに、お泊りでした。補助ベッドを使われたと思います」

「マネージャーが、ひとりで、一部屋を占領し、歌手が、三人で、一部屋ですか?」

と、十津川が、念を押すと、フロント係は、

「その通りです」

「N会館のショウは、何時までだったんですか?」

と、十津川が、きくと、フロント係は、そのショウの広告を見せてくれた。

それによれば、昼夜二回で、昼の部が、午後一時から三時まで。夜の部が、五時から七時までになっていた。

マネージャーの林は、このショウに、つき合う必要があるだろう。

問題は、夜の部につき合ったあと、別府に行き、午後十時から十一時の間に、新谷みやこを殺せるかどうかである。

夜の部は、午後七時に終るが、マネージャーとしては、すぐ、別府へ向うわけにはいくまい。

藤谷マキをSホテルへ送る必要があるだろう。幸い、SホテルはJR広島駅の近くにある。

七時半には、広島駅に行っていられるだろう。

そのあとを十津川は、時刻表で、追ってみた。

一九時三五分（午後七時三十五分）広島発の『ひかり21号』に乗ると、小倉には、二〇時三一分に着く。

二〇時五二分小倉発の『にちりん55号』には、ゆっくり乗れる。この列車の別府着は、二二時一八分（午後十時十八分）である。

駅から、タクシーに乗れば、時間内に、海地獄へ着くことが、可能だ。

もう帰りの列車はないが、この時期なら、野外で夜を過ごしても、凍死の心配はあるまい。朝になったら、一番の列車で、小倉経由で、広島に戻ればいい。

それに、Sホテルでは、外出する時、部屋のキーをフロントに渡さない方式だから、外出も、楽だろう。

十津川は、十階の部屋から、広島の夜景を見ながら、考える。

（新谷みやこを、どうやって、別府に、連れ出したのだろうか？）

という疑問がある。

（西本が、別府に来ていることをどうやって知ったのか？）

という疑問が、それに重なってくる。

その疑問に、答を見つけだそうと、十津川は、考え込んだ。

この二つの疑問は、むしろ、前後が、逆かも知れない。

犯人が、マネージャーの林とすれば、まず、西本が、国東《くにさき》半島から、別府に来ていることを知って、それから、改めて、西本を罠にかけることを考え、新谷みやこを別府に呼びつけて、殺したに違いないのである。

西本が、国東から別府に来ていることをなぜ、知ったのか？

西本が、休暇を取り、国東へ行くことは、彼と十津川しか知らなかった筈である。亀井には、十津川が話したが、亀井が、林や城南プロの人間に、話す筈がない。

と、すれば、西本が、尾行されたと考えるのが、自然だろう。

城南プロの社長、小野木が、自分で、西本を監視し、尾行したとは、思えないし、マネージャーの林は、藤谷マキを連れて、広島へ行っている。

とすれば、誰かに頼んで、西本を監視させ、尾行したに違いない。

そして、西本が、国東半島をめぐり、別府に泊るとわかってから、林は、新谷みやこを別府に呼び寄せて、殺してしまった。

もちろん、新谷みやこに向って、西本が来ているから、別府に来いという筈はない。多分、おいしい仕事があると嘘をいって、誘ったのだ。或いは、林と新谷みやこは、関係があって、別府で遊ばないか、おれも、広島のホテルから脱け出して行くと、誘ったのかも知れない。

新谷みやこが、東京にいたとしても、飛行機なら、東京―大分は、一時間半で着いてしまう。

そこまで考えて、十津川は、ベッドに入った。

翌日、朝食をすませたあと、亀井に電話をかけた。

亀井は、待っていたように、

「城南プロの経営状況は、よくありませんね。これといったタレントは、一人だけですから、毎年、百万単位の赤字を出しています」

「やはりね」

と、十津川は、肯いた。

「赤字が、西本刑事を罠にかける原因になりますか？」

「それは、わからないが、とにかく、問題の城南プロが、金のためなら、何かするんじゃないかということは、いえそうだね」

「そうですね」

「毎年、百万単位の赤字を出していたとすると、それをどうやって、補塡《ほてん》していたのか、それが、知りたいな」

「調べてみます。それから、大分県警の警部から、こちらに、電話がありました。警部に知らせたいことがあるということです」

「わかった。連絡してみよう」

と、十津川は、いった。

ホテルから、三浦警部に電話すると、いきなり、

「行先をいっておいて下さらないと、困りますね」

と、文句をいわれた。

「いった積りだったが、申しわけない」

と、十津川は、いった。

「一つ、わかったことがあります。それをお知らせしようと、思ったんですよ」

「何ですか？」

「殺された新谷みやこですがね。大分空港近くのレンタカーの営業所で、白のトヨタ・カローラを借りていました。借りたのは、一昨日、殺された日の午後八時二十分です」

「なるほど。それで、その車は、見つかったんですか？」

「いや、まだ、見つかっていません。どこにあるかは、犯人の西本が、知っていると思っていますよ」

「なぜですか？」

「彼女は、その車に乗って、現場にやって来て、西本を待っていたんだと思います。

そこで、彼が、彼女を殺した。当然、レンタカーは、そこにあるわけです。それが、消えていたということは、西本が、処理したということになるじゃありませんか」

と、三浦は、いった。

相変らず、決めつけるようないい方だった。

「なぜ、西本刑事が、車を処理したと考えるんですか？」

「レンタカーですからね。車の捜査から、自分に結びつけられるのが、怖かったんでしょう」

「なるほど」

と、十津川は、肯《うなず》いてから、

「今日は、西本刑事に会わせて貰えますか？」

と、きいた。

「いいでしょう。取調べは、だいたいすみましたから」

と、三浦は、いった。

4

十津川は、再び、別府に戻り、別府署内の取調室で、西本に会った。

「また、やられました。自分が、情けないですよ」

と、西本は、口惜《くや》しそうにいった。

「仕方がないさ。私だって、まさか、相手が、殺人までやるとは、考えていなかったからね」

十津川は、なぐさめるように、いった。

「しかし、誰が、殺人まで犯して、私を追い込もうとしているんでしょうか？」

と、西本が、きく。

「多分、城南プロダクションの林というマネージャーだ」

「しかし、警部。私は、新谷みやこに会うまで、城南プロダクションというものを知りませんでしたし、林という男にも、前に、会ったことがないんですよ」

と、西本は、いう。

「だから、想像外の理由で、君を、罠にかけたんだと思うよ。ところで、君が、国東半島へ行くことになったのは、前から、予定していたわけじゃない」

「ええ。それなのに、なぜ、国東から、別府に行くのを知っていたのか、それが、不思議でした」

と、西本は、いった。

「多分、尾行されていたんだよ」

「そういえば、国東半島を廻っている時、自分が、見られているような気がした瞬間があります」

と、西本が、いった。

「国東の何処《どこ》でだ？」

「有名な熊野《くまの》磨崖仏《まがいぶつ》のところです。その麓《ふもと》にある土産物店でです」

「どんな人間だったね？」

「サングラスをかけた中年の男でした。身長は一七五センチくらいで、痩身《そうしん》だったと思います。淡いグリーン系の背広を着ていたと覚えていますが、その辺は、あまり自信がありません」

「そのあとも、君は、尾行されていたのかな？」

「その時、私は、タクシーに乗ってしまっていましたから、尾行するのは、難しいと、思いますが」

「君は、そのタクシーで、リゾート・ホテルまで、行ったんじゃないのか？」

「そうです」

「それなら、簡単だよ。相手は、タクシーのナンバーを覚えていて、電話で聞けばいいんだ。そのあと、君は、国東のホテルから、また、タクシーで、別府に向った。この場合も、タクシーの運転手に聞けば、いいんだ」

「そうでしたね。それなんだ」

「国東半島を案内してくれたタクシーの運転手は、どんな男だ？」

「五十歳くらいの男です。宇佐駅前にとまっていたタクシーに乗りました」

「個人タクシーかね？」

「いいえ。何とかいう会社です。確か、宇佐交通という名前だったと思います」

「あとで、当ってみるよ」

「お願いします」

「君が、海地獄へ行ったのは、なぜなんだ？」

と、十津川は、きいた。

「それは、ここの刑事にもいったんですが、男の声で、電話があったんです。新谷みやこが、嘘つきだという証拠がある。それを渡したい、というんです。その時は、何とかして、レイプの汚名を晴らしたいと思っていたので、つい、飛びついてしまったんです」

「男の声だったんだね？」

「はい。中年の男の声でした」

「声に特徴がなかったかね？」

「それをずっと、考えていたんですが、ちょっと甲高かったかなというぐらいですね」

と、西本は、いった。

「今、亀井刑事たちが、東京で、城南プロのことを調べている。毎年赤字の、小さなプロダクションだ。だから、金のために、君を罠にかけるぐらいのことはしかねない」

と、十津川は、いった。

「それが、動機でしょうか？」

と、西本が、真剣な表情で、十津川に、きいた。

「君と城南プロが、何の関係もないとすると、誰かに頼まれて、君をレイプ犯人に、仕立てあげたんじゃないかということが、考えられるんだよ」
　と、十津川は、いった。
「なるほど。少し、わかってきました」
「君のことを恨んでいる人間がいて、城南プロに頼んだ。城南プロとしては、金にな
る。その上、新谷みやこは、名前が売れる。昔なら、レイプされたということは、タ
レントにとって、致命傷となったろうが、今は、同情が集まって、名前が売れるんだ。
そして、君は、現職を追われる」
「そうですね。そうなんだ」
　と、西本は、大きく、肯いたが、
「しかし、それに成功したのに、なぜ、そのあと、新谷みやこを殺し、私を殺人犯に
仕立てあげなければならなかったんでしょう？」
　と、きいた。
「それも、調べてみる。君は、城南プロ以外で、自分を恨んでいる人間がいたかどう
か、考えておいてくれ。私は、国東半島で、君を乗せた運転手を捜してみる」
　と、十津川は、いった。

5

十津川は、今度は、三浦に行先を告げておいてから、JR宇佐駅に向った。

駅前は、どちらかといえば、殺風景で、タクシーも、二台しか、とまっていなかった。シーズンオフだからだろう。

その二人の運転手に、聞いてみたが、西本を乗せて、国東半島を廻ったことはないという。

「他に、彼を乗せて、国東半島を廻った運転手さん、いませんかね?」

と、十津川は、西本の写真を見せて、その二人にきいた。

「国東半島を案内したんだね?」

と、運転手の一人が、きいた。

「そうです。熊野磨崖仏を見たり、姫島を見たりして、その日、大分空港近くのリゾート・ホテルに、連れて行ったということなんですがね」

「タクシー会社の名前は、わかりますか?」

と、もう一人の運転手が、きいた。

「宇佐交通じゃないかと、いっていますが」

「それは、宇佐タクシーだと思いますよ。聞いて来てあげますよ」

と、その運転手は、いい、車から降りて、歩き出した。なるほど、その先に「宇佐タクシー」の看板が、見えた。

十津川も、あわてて、追いかけて行った。

小さな営業所だった。三人の運転手が所属しているということで、その三人の、問題の日の運転日誌を見せて貰った。

その結果、青木という運転手が、国東半島を案内し、最後に、大分空港近くのリゾート・ホテルで、客をおろしていることが、わかった。

「この青木運転手は、今、何処ですか？」

と、十津川が、きくと、

「一時間ほど前に、客をのせて、国東半島に行っています。国東半島を観光したいというお客をのせています」

という返事が、返って来た。

「連絡がとれますか？」

「無線で、連絡が出来ますよ」

「じゃあ、なるべく早く、こちらに戻って来るように、伝えて下さい」

と、十津川は、頼んだ。

営業所長が、すぐ、無線電話で、呼びかけてくれた。

「青木さん、今、どの辺かね？」

と、呼びかけると、男の声が、返ってきた。

――こちら、青木。今、大分空港の傍を通過中です。これから、姫島を見てから、宇佐駅に戻ります。どうぞ。

「こちらに、警察の人が来て、あなたに、聞きたいことがあるそうです。なるべく早く、戻って来て下さい」

――了解しました。あと、四十分ほどで、そちらに戻れると思います。どうぞ。

「お客をおろしたら、すぐ、営業所へ戻って来て下さい」

――了解しました。

無線がすむと、所長は、国東半島の地図を見せてくれた。

なるほど、大分空港から、宇佐までは、かなりの距離があり、すぐ、引き返しても、三、四十分は、かかりそうである。

十津川は、近くの喫茶店で、待つことにした。

待っている間に、十津川は、もう一度、東京の亀井に電話をかけた。

「西本刑事に会ったよ。彼と話したんだが、ひょっとすると、西本刑事を恨んでいる人間が他《ほか》にいて、何とかして、彼を叩《たた》こうとし、城南プロに、それを頼んだんじゃないかとね。それなら、西本刑事が、城南プロの人間を、知らなくても、納得できるんだよ」

と、十津川は、いった。

「なるほど。城南プロは、金を貰って、その汚い仕事を引き受けたということですね」

「そうなんだ。城南プロは、その金で、赤字を埋められる。それに、新人女優の新谷みやこを売り出せる」

「わかりました。城南プロに、そんなことを頼んだ人間がいたかどうか、調べてみます」

と、亀井が、張り切った声を出した。

「これは、簡単じゃないよ。秘密を守ろうとするだろうからね」

と、十津川は、いった。

電話をすませ、四十分がすぎたので、十津川は、もう一度、宇佐タクシーの営業所に顔を出した。

「青木運転手は？」

と、きくと、所長が、

「まだ、戻って来ません。間もなくだと思いますがね」

「連絡してくれませんか。あと、どのくらいで、戻って来られるのか」

「あまり、何回も連絡をとると、乗っているお客が、嫌《いや》がりますがねえ」

と、所長は、渋い表情を作る。

「とにかく、連絡をとってみて下さい」

十津川は、強い調子で、いった。何となく、不安になって来たのだ。

その気勢に押されたように、所長は、無線で、青木運転手を呼んでくれた。

「青木さん、青木さん、応答して下さい」

だが、返事がない。

十津川の不安が、急速に高まっていった。

「山間《やまあい》に入っていて、電波が、届かないのかも知れません」

と、所長が、いった。

「だが、予定の時間より、もう十二分も、おくれていますよ。おくれれば、向うから、連絡してくるんじゃありませんか？」

十津川は、険しい表情になっていた。

所長は、もう一度、無線で、呼びかけた。が、相変らず、応答はない。

「何かあったのかも知れない」

と、十津川は、呟《つぶや》いた。

「お客が、急に、他へ行ってくれといい出したのかも知れませんね。例えば、別府とか、由布院《ゆふいん》とか」

「でも、その場合は、こちらに、連絡してくるんでしょう？」

「そうなんですが――」

「青木運転手を探しに行けませんか？」

と、十津川は、いった。

「しかし、行方不明というわけでもありませんから」

と、所長は、いった。確かに、その通りなのだが、十津川は、焦《あせ》った。嫌な予感がするからだった。

大分県警も、今の段階では、動くまい。

十津川は、腕時計に眼《め》をやった。午後五時十二分。あと、二時間もしたら、陽が落ちて、暗くなってしまうだろう。

「一台、車を出して下さい。料金は、払います」

と、十津川は、申し出た。

若い、戸田という運転手の車に、十津川は乗って、国東半島に、探しに行くことになった。

「まず、大分空港へ向ってくれないか」

と、十津川は、いった。

車は、走り出した。

「スピードは、あげなくていい。青木運転手の車を見つけたいからね」

と、十津川は、注文をつけた。

半島の内陸部を横切って海側の大分空港に向って、ゆっくりと、走って行った。

道路はいい。が、ほとんど、車にすれ違うことがない。

走りながら、戸田運転手は、時々、無線で、営業所に連絡をとってくれた。が、青木運転手からは、いぜんとして、連絡がないという。

「きっと、無線が、故障してるんですよ」

と、戸田は、十津川を安心させるように、いった。

「そうなら、いいんだがね」

「何を心配してるんですか？」

「いや、別に」

と、十津川は、いった。まさか、殺されているんではないかとは、いうわけにいかなかったからである。

急に、戸田運転手が、車を止めた。

「どうしたのかね？」

と、十津川が、きくと、

「あれは、うちの車じゃないかな？」

と、戸田は、前方を指さした。

道路の右手に、杉林があり、それに、フロントを突っ込んだ恰好《かっこう》で、車が、とまっているのだ。

すでに、周囲は、うす暗くなり始めている。

戸田が、車を降り、十津川も、降りて、二人は、その車に駈《か》け寄った。

「宇佐タクシー」の文字が、読めた。

車内をのぞき込んだ。が、運転席にも、リア・シートにも、人の姿はなかった。

運転席の無線電話から、しきりに、呼びかけている営業所長の声が、聞こえている。

戸田が、運転席に首を突っ込み、無線機を取った。

「今、車を発見しました。大分空港まで、あと三キロのところです。青木さんの姿はありません」

と、伝えた。

——青木運転手は、どうしたんだ？

「わかりません。これから、刑事さんと一緒に、探します」

と、戸田は、いった。

二人は、道路沿いに探したが、青木は、見つからない。

次に、二人は、車から懐中電灯を持ち出して、杉林の中に、入って行った。

杉林の中は、もう、暗い。二人は、足もとを照らしながら、奥へ進んだ。

十津川の足が、止った。

懐中電灯の光の中に、人間の足らしきものが、見えたからだった。

戸田の懐中電灯も、寄ってきた。

光の輪が大きくなり、その中に、俯《うつぶ》せに倒れている男の姿が、浮び上った。

「青木さんだ」

と、戸田が、叫んだ。

「触らないで！」

と、十津川は、いってから、屈《かが》み込んで、倒れている男を調べた。息は、もうなかった。

懐中電灯で照らすと、後頭部に、裂傷があり、血が、こびりついているのが、わかった。

「すぐ、無線で、連絡して下さい。ここに、パトカーを寄越すように。これは、殺人だ」

と、十津川は、戸田に、いった。

戸田が、あわてて、車の方に、駈け戻って行く。

一時間ほどして、パトカーが、二台、到着した。それに、鑑識もである。

三浦警部も、やって来た。

「十津川さんが、騒いでいるというので、来てみたんですよ」

と、三浦は、いった。

「これは、前の事件の続きですよ」

と、十津川は、死体が、杉林から、道路に運び出されるのを見守りながら、三浦に、いった。

「なぜ、そういえるんですか？」

と、三浦が、きく。

「あの青木という運転手は、西本刑事を乗せて、国東半島を案内したんですよ」

「だからといって、つながった事件とは、いえないでしょう？」

と、三浦がいった時、青木の車を調べていた刑事の一人が、

「売り上げ金が、無くなっています！」

と、大声で、報告した。

三浦は、ニヤッと、笑って、

「ごらんなさい。売り上げ金を強奪しようとして、犯人は、運転手を殺したんですよ」

「それは、カムフラージュですよ。ただの強盗に見せかけているんです」

と、十津川は、いい返した。

「証拠でも、あるんですか？」

三浦は、強い調子で、いった。

「証拠は、ありません。だが、被害者が、西本刑事を乗せたことだけは、間違いないんですよ」

「しかし、彼は、西本だけを乗せたわけじゃないでしょう？　他の客だって、乗せている筈《はず》ですよ」

「確かに、そうですが――」

「それなら、西本を乗せたから、殺されたとは、断定できないじゃありませんか？」

と、三浦は、強い調子で、いった。

十津川が、部下の西本刑事を助けるために、あれこれ、策謀していると、思っているらしかった。

「犯人の手配はするんでしょうね？」

と、十津川は、きいた。

「もちろん、これは、強盗殺人事件ですからね。捜査本部を設けて、犯人を見つけ出しますよ。しかし、西本の事件とのつながりはないと思いますから、他の人間が、捜査に当ると思いますね」

と、三浦は、頑固にいった。

「とにかく、一刻も早く、犯人を捕えて下さい。犯人が、捕まれば、どちらかわかりますからね」

と、十津川も、いった。

十津川は、戸田運転手の車で、宇佐へ戻ることにした。

「青木さんが、今日、どんな客を乗せたか、わかりませんかね？」

と、走る車の中で、十津川は、運転している戸田に、きいた。

「最後に乗せた客のことですか？」

「そうです」

「わからないなあ。きっと、宇佐駅前で、乗せたんだと思いますがねえ」

「そうですか」

「ただ、おかしなことは、あったみたいですよ」

「どんなことですか？」

「三日前だったかな、営業所に電話して来てね、青木さんの車のナンバーをいって、運転手の名前を聞いた人間がいたそうですよ」

と、戸田運転手は、いった。

第四章　電話の声

1

西本刑事は、間違いなく、東京から尾行されたのだ。

尾行した人間は、西本が国東《くにさき》で乗ったタクシーのナンバーを覚えていて、あとから、運転手の名前を聞いたのだ。

そして、青木運転手を殺した。今のところ、なぜ殺したか不明だが、何か、口を封じる必要があったのだろう。

（この執拗《しつよう》さは、いったい、何なのだろうか？）

十津川を悩ませているのは、そのことだった。

相手は、まず、西本を罠《わな》にかけ、レイプ犯人に仕立てあげた。普通なら、それで、気がすむ筈なのだ。

西本は、マスコミに叩《たた》かれ、職を失いかけている。レイプされたと申し立てた新谷みやこの方は、有名になった。

これで、十分ではないか。十津川は、最初、相手は、目的を達して、満足したに違いないと、考えていたのである。

それが、違っていた。相手は、それでは、満足せず、西本を尾行し、今度は、新谷みやこ殺しの殺人犯に、仕立てあげた。

そうなると、西本をレイプ犯にしたのは、第一歩で、本当の目的は、殺人犯にして、刑務所へ送り込むことではなかったのかと、思えてくるのだ。

十津川は、いったん、東京に戻り、この執拗な西本攻撃の理由を探ることにした。

帰りの飛行機の中で、十津川は、西本刑事のことを改めて、考えてみた。

西本と一緒に、仕事をするようになって、間もなく四年になる。

若いから、エラーもする。元気が良過ぎて、突進し過ぎるのだ。

だが、若い時には、ありがちのことで、十津川だって、二十代の時には、何度も、失敗をしている。

二年前に、西本は、結婚した。が、ハネムーンの途中で、新妻を殺された。その犯人は、現在、刑務所に入っているが、それで、西本が、参ってしまったということはなかった。一ケ月くらいは、流石《さすが》に沈んでいたが、そのあと立ち直っている。

この事件でも、犯人は、西本に恨みを持っていたのではなく、西本と結婚した二宮ゆみ子に惚《ほ》れていて、自分を捨てたと逆恨みしたのが動機だった。

十津川は、この時は、いやでも、事件解決のために、西本のプライバシイに踏み込んだが、それ以外は、部下のプライバシイをのぞき込んだことはなかった。

だから、最近、西本が、どんな女性とつき合っていたかといったことも知らないし、借金があるかどうかも知らなかった。

従って、西本が、誰に、どんな恨みを買っているかも、想像がつかない。

西本が、覚えがないといえば、それを信じるより仕方がないのだ。

こんな事件の時、一番怖いのは、今まで信じていた部下を少しでも、疑ってしまうことである。

(それだけは、やめよう)

と、十津川は、自分に、いい聞かせた。

羽田空港には、亀井が、車で迎えに、来ていた。

その車の中で、亀井は、

「例のプロダクションですが、新谷みやこのマネージャーを中心にして、調べてみました」

「それで、何か、わかったかね？」

「プロダクションそのものは、小さなもので、所属タレントの売り込みに、法律すれすれの手段を使ったり、ピンハネが大きかったりで、決して、評判のいい会社じゃありません。ただ、社長とマネージャーを、いくら調べても、西本刑事とのつながりが、出て来ません」

「接点が見つからないのか？」

「そうなんです。社長の小野木恭は、五十歳で、西本刑事とは、年齢が、違い過ぎます。マネージャーの林洋一も、三十五歳ですから、大学などが、西本と同じ筈《はず》がありません。小野木は、一度、サギで捕っていますが、この事件に、西本は、関係していません」

「マネージャーの林に、前科はないのか？」

「あまりいい噂《うわさ》はありませんが、前科は、ありません」

「悪い噂というのは、どういうことだね？」

と、十津川は、きいた。

「まあ、ああいう世界では、ありがちなことらしいんですが、美人のタレントに手を出したり、売り出してやるといって、大金を親に出させたりしているみたいですね」

「なるほどね」

と、十津川は、肯《うなず》いてから、

「西本刑事は、血気盛んな方だから、どこかで、小野木か、林と、ケンカしたなんてことは、なかったんだろうか？」

「それも、可能性があると思って、調べてみました。が、この二人が、飲んだりするところは、銀座、六本木、或いは、赤坂で、西本刑事とは、ぶつからないと思うのです。西本も飲みますが、飲む場所が、違います」

「すると、西本刑事は、ただ、新谷みやこを売り出すためだけに、利用されたことになるのかね？」

「そう思わざるを得ないんですが――」

「だが、それなら、新谷みやこを殺す必要はない？」

「そうなんです」

と、亀井は、眉《まゆ》を寄せた。

警視庁に戻ると、十津川は、本多捜査一課長に、国東半島での事件を報告した。

「青木運転手を殺したのは、犯人のミスだと思います」

と、十津川は、いった。

「なぜ、そう思うのかね？」

「青木運転手が殺された時、西本刑事は、別府署に留置されていたからです。新谷みやこを殺したのが、同一犯人とすれば、間接的に、西本刑事の無実が、証明されることになりますから」

「同一犯人の証明は、出来そうなのかね？」

と、本多が、きいた。

「何とかして、証明したいと思いますが、今のところ、その方法が、わかりません。別府署が協力してくれればいいんですが、向うは、頭から、別の犯人と、決めつけています」

「すると、今は、なぜ、西本刑事が、罠にかけられたか、それを見つけ出すより仕方がないことになるね」

「そうです」

「しかし、さっき、亀井刑事に聞いたんだが、例のプロダクションの社長や、新谷みやこのマネージャーと、西本刑事の間には、接点がないということだったがね」

「今のところは、見つかりません。しかし、何かある筈だと、信じています。なければ、おかしいんです」

「早く見つけないと、西本刑事は、起訴されてしまうぞ」

「わかっています」

と、十津川は、いった。

部屋に戻り、日下《くさか》刑事たちに、改めて、今度の事件の再捜査を指示している時に、電話が、かかった。

男の声で、

「十津川さん？」

と、きいた。

「そうですが、あなたは？」

「名前は、ちょっと、勘弁して欲しいんだよ」

と、相手は、いう。

「それで、何のご用ですか？」

「新谷みやこのことを調べているね？」

「調べています」

「あれは、間違いなんだ」

と、男はいった。

「間違いって、何のことですか？」

「とにかく、あれは、間違いなんだ」

「いきなり、そんなことをいわれても、信用できませんね。何が、どう間違いなのか、いってくれませんか」

と、十津川は、いった。

電話の向うで、舌打ちしているのが、わかった。

「間違いなんだよ。それだけだ。おれの言葉を信じないと、大変な目にあうぞ」

と、男は、いって、電話を切ってしまった。相手は、明らかにいらだっていた。

十津川は、当惑して、受話器を置いた。

今の男の言葉を、どう受け取っていいか、わからなかったからである。

捜査から戻って来た亀井に、十津川は、この男のことを話した。

「いたずらかも知れませんねえ」

と、亀井は、まず、いった。

「そう断定できれば、いいんだがね」

「いたずらとは、思えない部分も、あったんですか？」

「あったと、はっきりいえないんだがね。もし、警察をからかう積りなら、もっと、いろいろと、派手なことをいうんじゃないかと、思ったんだよ。例えば、新谷みやこを殺した真犯人を知っているとかね」

　と、十津川は、いった。

「あれは、間違いなんだとしか、いわないんですか？」

「そうだよ」

「簡単だけに、気になりますね」

「そうなんだよ。私が、信じられないというと、男は、舌打ちしていたね。なぜ、信じられないのかといった調子でね」

　と、十津川は、いった。

「しかし、間違いというだけでは、何のことか、わかりませんね」

　と、亀井は、いった。

「わからないが、気になるんだよ」

「どんな風にですか？」

　と、亀井が、きく。

「例えば、いくら調べても、西本刑事と、あのプロダクションの接点が見つからない。それは、まだ、接点が見つからないのだという考え方も出来るが、接点は、ないのだということかも知れない」

と、十津川は、いった。

亀井は、首をかしげて、

「それなら、なぜ、西本刑事は、罠にかけられたんですか？」

と、きいた。

他の刑事たちも、じっと、十津川を見ている。

「だから、あれは、間違いだったんじゃないかということになってくる」

「どんな風にですか？」

「最初から、考えてみよう。五月十八日の夜、西本刑事は、友人と新宿で飲んで、帰宅した。そして、自宅マンションの前で、睡眠薬を飲んで倒れている新谷みやこを発見し、自宅に運んで、寝かせておいて、救急車を呼んだ。これが発端だ」

「そうです」

「これは、新谷みやこをエサにして、西本刑事を罠にかけたと、われわれは、考えた」

「他に、考えようがありませんから」

「だがね、その時刻に、西本刑事が、必ず帰って来ると、なぜ、わかっていたんだろう。西本は、たまたま電話して来た友人と、飲みに行ったんだから、何時に帰ってくるか、わからないと思うんだがね」

「多分、西本刑事に、尾行がついていたんだと思います。尾行しながら、携帯電話かトランシーバーを使って、仲間と、連絡をとって行き、西本刑事が、帰宅する予定時刻を知らせたんじゃありませんか。そうすれば、何とか、罠には、はめられます」

と、亀井が、いう。

「確かに、その通りだが、なにも、わざわざ、西本刑事が、友人と飲みに行った日を選ばなくても、いいんじゃないのかね？　彼は、独身だから、飲んだら、いつ帰るかわからない。そんな不安定な日を選んで、罠にかけるというのは、不自然なような気がするんだよ。犯人たちが、西本刑事を恨んでいて、何が何でも、罠にかけてやろうという強烈な意志が伝わってくれば、この日でなければということがわかるんだが、接点が、見つからない状態だからね」

と、十津川は、いった。

「だから、人違いではないかと？」

亀井が、きいた。

「可能性だよ。一介の刑事より、もっと、金になる大物を狙《ねら》っていたんじゃないだろうか？」

と、十津川は、いった。

「あの辺りに、有名人や、資産家の邸《やしき》がありましたか？」

「いや、大きな邸では、使用人などもいるから、ゆすりは、出来ないよ。高級マンションに、ひとりで、住んでいる人間が、狙い易《やす》いんじゃないかな」

「調べてみます」

と、亀井が、いった。

刑事たちが、西本のマンションの周辺を調べてみた。

その結果、注目されたのは、道路をへだてた、真向いにあるマンションだった。

「キャッスル太陽第三《サン》」と、名付けられたマンションで、高級マンションで有名な太陽建設が建てたものだった。

四階建で、一つの部屋が、一五〇から二〇〇平米と広く、バブルが弾《はじ》けた今も、数億円の値段だという。

「興味があるのは、このマンションと、西本刑事のマンションの間の通りなんです。

狭いので、一方通行になっています」

　と、亀井が、報告した。

「それのどこが、面白いのかね？」

　と、十津川は、きいた。

　亀井は、附近《ふきん》の地図を描いて、十津川に見せて、

「自分の車で、帰ってくる住人は、そのまま、地下駐車場に入って行けますが、タクシーで帰ってくると、西本刑事のマンション側にとまって、住人は、降りて、道路を渡って、自分の高級マンションに、入るわけです」

「つまり、新谷みやこが、西本のマンションの側に倒れていたとしても、前の高級マンションの住人を狙ったことが、十分に、考えられるわけだね？」

「そうなんです」

「それで、狙われそうな人間は、住んでいるかね？」

　と、十津川は、きいた。

「このマンションには、八部屋あります。一つの階に、二つずつの部屋です」

「ぜいたくなものだな」

「だから、高級マンションなんでしょう。ここには、女性の住人が三人います。女優

と、宝石商と、銀座のクラブのママですが、この三人は、除外していいと思います。ＡＶ女優を使って、罠にかける相手じゃありませんから。それと、夫婦で住んでいるのが、二組です。いずれも新婚で、奥さんは、専業主婦ですから、これも、除外していいと思います。空部屋が一つで、残る二つの部屋に、独身の男性が、住んでいます」

「どんな男たちだね？」

「いわゆる青年実業家と、著名なカメラマンです」

「詳《くわ》しく、話してくれ」

と、十津川は、いった。

亀井と一緒に、調べに当った日下刑事が、二人の顔写真を見せて、

「青年実業家の名前は、岡本亘。三十八歳で、都内に、スーパーを三店、埼玉、神奈川に一店ずつ持っています。一度、女優と結婚していますが、去年、別れています。車は、ベンツに乗っていますが、飲んで帰宅の時は、もちろん、タクシーを使っています」

「カメラマンの方は？」

「名前は、久保隆介。四十歳。こちらも、結婚歴があります。タレントや、ＣＭの写

真をよく撮っていて、高額所得者の名簿にのっています。車は、三十五歳頃まで、スポーツカーにのっていましたが、事故を起こしてから、もっぱら、タクシーを愛用しています」

と、日下は、説明した。

十津川は、二人の写真を見ながら、

「狙われたのは、どちらだと思うかね？」

「どちらも、狙うには、絶好の標的だと思いますね。独身だし、金がありますからね」

「どちらが、狙われたかというのは、当日の十八日に、夜おそく、自分の車を使わずに、帰って来ることになっていたのは、どちらかということだね」

と、十津川は、いった。

亀井が、その言葉を受けて、

「その点を調べてみました。岡本は、この日、銀行関係者を接待して、赤坂で飲んでいます。『きくの』という高級クラブですが、このクラブのマネージャーの話では、十一時半頃、タクシーを呼んでくれといい、四十分にタクシーが来て、乗って、帰ったといいます。その運転手に聞いたところ、自宅マンションに着いたのは、十二時三十分近かったと、いうことです」

「写真家の久保隆介の方は、どうなんだ？」

「それなんですが、こちらも、十八日の夜は、六本木で、飲んでいます。もともと、夜型で、よく、飲むらしいんです。この夜、最後の店を出たのは、十二時近くで、自分で、タクシーを拾ったようで、このタクシーを探すことは、無理でした」

「すると、久保が、標的だった可能性もあるわけだな？」

「そうなんです。いずれにしろ、西本刑事が、僅《わず》かに早く、帰ってしまったので、彼が、標的にされてしまったということは、十分にあると、思います」

と、亀井は、いった。

「もし、この推理が、当っているとすれば、この罠を仕組んだ人間は、西本刑事が、助けてしまったので、最初は、失敗《しくじ》ったと、思ったろうね」

「そう思います。しかし、相手が、若い刑事では、金はゆすれないが、新谷みやこの売り出しには、利用できると、考え直したんだと、思いますね」

と、亀井が、いった。

「それで、西本刑事の部屋に忍び込み、レイプ事件をでっちあげたわけか」

「そうです。それは、見事に、成功したわけです」

「そこまでは、納得できるんだがね」

と、十津川は、肯いてから、

「しかし、それが、なぜ、殺人にまで、発展してしまったのかが、わからないな」

「同感です」

と、亀井も、肯く。

「最初の標的は、間違ってしまったが、AV女優の新谷みやこの売り出しには、成功したんだ。なぜ、そこで、止めておかなかったんだろう？　そこが、わからないね」

十津川は、難しい顔になって、いった。

2

では、人違いというのは、なかったのだろうか？　最初から、標的は、西本刑事だったのか？

彼等と、西本との間に、過去に接点がないとすれば、純粋に現職の刑事を、AV女優の売り出しに、利用しようと考えて、罠を張ったことになる。

（そんなことを、考えるだろうか？）

十津川は、首をかしげてしまうのだ。

実際には、西本をレイプ犯に仕立てて、新谷みやこの売り出しに成功しているが、何といっても、警察が、相手である。失敗すれば、たちまち、逮捕されてしまう危険があることは、わかっている筈なのだ。

常識があれば、こんな危険な罠は、かけないだろう。

（やはり、最初の狙いは、西本刑事ではなかったに違いない）

と、十津川は、推論した。

狙われたのは、青年実業家の岡本亘か、カメラマンの久保隆介のどちらかだったに違いない。

計画どおりに、事態が動いていたら、岡本か、久保が、新谷みやこをレイプしたことになっていただろう。その場合は、マスコミには、公表せず、金をゆすり取っていたのではないか。

ところが、西本刑事では、金をゆするわけにはいかない。第一、西本の家は、資産家ではないし、そんなことになれば現職の刑事である西本が、上司に話し、警察が、動き出す。

そこで、金を諦《あきら》め、レイプ事件を公表し、新谷みやこを売り出す作戦に切りかえたに違いない。

「そこまでは、納得できるんだがねえ」

と、十津川は、当惑した顔で、亀井に、いった。

亀井も、肯いて、

「問題は、そのあとですね。新谷みやこの売り出しに成功したのに、なぜ、彼女を殺し、西本刑事を殺人犯に仕立てることにしたのか、わかりません」

「そうなんだ。私にも、そこが、わからない」

「彼女が、警察に全てをぶちまけるといい出したので、あわてて、その口封じをし、今度は、西本刑事を、その犯人にしたんですかね？」

「いや、それは、違うね。新谷みやこは、自分を売り出すために、レイプの被害者を演じ、裸の写真を撮らせて、それを、公表した女だ。そんな女が、急に、良心に目覚めて、警察に、全《すべ》てを話すなんてことは、とても、考えられないよ」

と、十津川は、いった。

「すると、また、疑問は、元へ戻ってしまいますね。彼女を殺しても、城南プロにとっては、何のトクにもなりませんからね。折角、有名になった新谷みやこを殺す筈がない。それなのに、殺してしまった。わけがわかりませんね」

亀井が、考え込む表情で、十津川を見た。

「これも、元へ戻ってしまうんだが、トクにならないことをして、西本刑事を、殺人犯に仕立てあげたんだから、余程、彼を恨んでいたに違いないと、思ったんだがねえ。それが違うとすると、カメさんのいう通り、新谷みやこを殺した理由が、全く、わからなくなってくる」

「城南プロの社長とマネージャーを呼んで、訊問《じんもん》しますか？」

と、亀井が、いった。

「こちらから、会いに行こうじゃないか」

と、十津川は、いって、立ち上った。

二人は、車で、城南プロに、出かけた。

社長の小野木は留守で、マネージャーの林洋一に、会うことが出来た。

林は、皮肉な眼《め》つきで、十津川たちを迎えて、

「いいかげんに、諦めたらどうですか」

と、いう。

「何のことですか？」

十津川は、怒りを抑えて、丁寧に、きいた。

「わかってるじゃありませんか。十津川さんが、部下思いなのもわかるし、現職の刑事が、レイプから、殺人までやるとは、思いたくないのも、わかりますよ。私だって、うちのタレントが、犯罪に関係しているといわれたら、必死で、否定しますよ。しかし、刑事だって、人の子です。特に、若い独身の刑事が、女に迷っても不思議はないし、レイプしたことを非難されて、カッとして、女を殺してしまうことだって、あり得るんですよ。そうじゃありませんか？」

「いいかげんなことを、いいなさんな」

亀井が、腹立たしげにいって、林を睨《にら》んだ。

「しかし、事実は、動かせませんよ」

と、林は、いった。

「事実は、あんたか、ここの社長が、新谷みやこを殺したんじゃないのか？　西本刑事の犯行に見せかけてだ」

「まだ、そんなバカなことをいってるんですか。彼女は、やっと、売り出しかけたんですよ。それを、なぜ、殺さなきゃならないんですか？　理屈に合わないじゃありませんか」

林は、口をとがらせた。

十津川は、そんな相手に向って、

「岡本亘という男を、知っていますか？」

と、いきなり、きいた。

林は、虚を突かれたみたいに、眼を、ぱちぱちさせて、

「誰ですって？」

「岡本亘です。スーパーを、何店も持っている青年実業家ですよ」

「知りませんねえ」

「じゃあ、久保隆介は、どうですか？」

「誰ですって？」

「久保隆介。有名な写真家ですよ」

「刑事さんは、何をいいたいんですか？　そんな名前を、並べて」

と、林が、きく。

亀井は、顔を突き出すようにして、

「何をあわててるんだ？」

「別に、あわててなんかいませんよ」

「じゃあ、はっきり、答えたら、どうなんだ？」

「だから、いってるじゃありませんか。そんな名前の男なんか、知りませんよ。全く知りません」

「おかしいですね」

と、十津川は、いった。

「何がおかしいんです？　知らないものは、知らないんだから」

「スーパー経営の岡本亘を、あなたが知らなくても、仕方がない。しかし、写真家の久保隆介は、タレントの写真を撮ったり、コマーシャル写真で有名な人ですよ。芸能プロダクションの人間が知らないというのは、おかしいんじゃないですか？」

と、十津川は、いった。

「その人は、有名な写真家かも知れませんが、うちと関係がなければ、知らなくても、不思議はないでしょう」

林が、文句を、いった。

十津川は、黙って、椅子《いす》から立ち上ると、林の背後の壁にかかっているカレンダーを、手に取った。

林が、眉をひそめて、

「何をするんですか！」

「このカレンダーは、城南プロの宣伝用でしょう？　各月のページに、タレントが、写っている」

「それが、どうしたというんです？」

「下に、撮影、久保隆介と、出ていますがねえ。群小プロのお宅としては、精一杯張り込んで、久保隆介に頼んだんじゃありませんか。それなのに、そんな写真家は、知らないというのは、どういうことなんですかね？」

十津川は、意地悪く、林を見すえて、いった。

林は、青い顔になった。

「ど忘れしたんですよ。毎日、いろいろな人間に、会っていますからね」

と、いう。

「ひょっとすると、岡本亘も、知っているんじゃありませんか？」

と、十津川は、いった。

「いや、知りませんよ」

林は、あわてた様子で、首を横に振った。

「じゃあ、久保隆介について聞きましょうか。彼が、何処《どこ》に住んでいるか、知っていますね？」

と、十津川は、きいた。

「そんなの知りませんよ」

「おかしいな。金を奮発して、久保に、カレンダーを頼んだんじゃないんですか？　それなのに、相手の住所も、知らないんですか？」

「それは、こちらへ来て貰《もら》って、打ち合せをしたんですよ。だから、住所は、知らないんです」

と、林は、いった。

「それも、おかしいですねえ。有名な写真家を呼びつけたんですか？　それで、よく、彼が仕事をしましたねえ」

十津川は、笑って、林を見た。

林は、また、眼をしばたたいてから、

「そりゃあ、最初は、お宅へ伺って、頼みましたよ。こちらへ来て貰ったのは、その後《あと》です」

「じゃあ、久保の自宅を、知ってるんじゃないか」

と、亀井が、睨んだ。

林は、やっと、開き直った顔付きになって、

「知っていては、いけないんですか？」

「岡本亘は？」

「知りませんよ。本当ですよ」

「新谷みやこが、倒れていて、うちの西本刑事に、助けられた。何処に倒れていたか、知っていますね？」

と、十津川は、きいた。

「あの刑事さんのマンションの前でしょう？　ちゃんと、覚えていますよ。そのマンションで、彼女は、レイプされたんだ」

「西本刑事のマンションの前ということは、認めるんですね？」

「その通りですからね」

「その場所は、どういうところか、わかっていますね？」

「質問の意味が、よくわかりませんが」

「本当に、わからない？」

「ええ。わかりません」

「あそこは、久保隆介が住んでいる高級マンションの前でもあるんですよ。違いますか？」

と、十津川は、林を見た。

「そうでしたかね」

と、林が、とぼけた。十津川は、思わず、苦笑して、

「久保の自宅には、訪ねて行ったと、いった筈ですよ。それなのに、わからなかったんですか？」

「忘れていたんですよ」

「まだ、若いのに、よく、ど忘れするんですね」

「少し、疲れているんです。この商売は、いろいろと、ストレスが溜《たま》りますからね」

「久保隆介を、どう思いますか？」

と、十津川は、質問を変えた。

「どう思うって、どういうことなんですか？」

林が、きき返す。

「どんな性格ですか？　優しい人間？　それとも尊大ですか？」

「なぜ、そんなことを、聞くんですか？」

「知りたいからですよ。写真家の久保というのは、どういう人間かと思いましてね」

「私も、よくは知りませんね。何しろ、そのカレンダーを作る時だけ、会ったんです

から」

と、林は、いった。

「このカレンダー作りは、どのくらいの時間が、かかったんですか？」

「一ケ月ほどです」

「その間、久保には、何回、会いました？」

「何回でしたかね。忘れましたよ」

「十回以上は、顔を合わせているんじゃありませんか？」

「ちょっと、待って下さいよ。久保さんに何かあったんですか？　何かあって、私が、疑われているんですか？」

林が、眼をとがらせた。

十津川は、落ち着き払って、

「久保のことを聞かれると、困ることでもあるんですか？」

「そんなことは、ありませんよ」

「それなら、構わんでしょう？」

「十五、六回は、顔を合せましたよ。私が、そのカレンダー製作の責任者になっていましたからね」

「久保が、高額所得者名簿にのっていることは、知っていましたね？」

「いや、知りませんし、そういうことには、興味がありませんよ」

と、林は、いった。

「そうですか」

と、十津川は、肯くと、急に、

「いろいろと、ありがとうございました。参考になりましたよ」

と、いって、腰をあげた。

今度は、林の方が、拍子抜けした表情で、

「もう、いいんですか？」

「もう、十分です」

と、十津川は、微笑した。

3

外に出ると、亀井が、眼を光らせて、

「狙われていたのは、写真家の久保の可能性が強くなりましたね」

と、十津川に、いった。

「ああ。その通りだよ」

二人は、パトカーに、乗り込んだ。

だが、走り出してから、

「しかし、最初の標的が、久保だったとしても、それがどうしたということに、なりかねませんね」

と、亀井が、いった。

「久保という男が、どんな人間なのか、調べてみようじゃないか」

と、十津川は、いった。

「それが、何か、意味がありますか？」

「わからんが、とにかく、久保という男について、知りたいんだよ」

と、十津川は、いった。

二人は、久保と、人気を分っている写真家の仁科《にしな》に、会うことにした。

仁科は、丁度、自分のスタジオで、女優の写真を撮っていた。十津川は、それが終るのを待ってから、会った。

十津川が、久保隆介のことを聞きたいというと、仁科は、笑った。

「僕から、彼の悪口を聞こうと思っても駄目《だめ》ですよ。彼のテクニックは、尊敬していますから」

と、いった。

「テクニックは、尊敬しても、人間としては、尊敬できないんじゃありませんか？」

と、十津川は、きいた。

仁科の笑いが、苦笑に変って、

「誰が、そんなことを、いったんですか？」

「別に、誰にも聞いていませんが、久保という人は、いろいろと、噂のある写真家だと、聞いていますのでね」

と、十津川は、いった。

「まあ、彼は、誤解を受け易いところがありますからね」

と、仁科は、いった。が、この辺りから、次第に、本音が出て来て、十津川が、久保の収入のことをいうと、

「彼は、金になる仕事ばかり選んでいますからね」

と、いったりした。

「城南プロというのを、知っていますか？」

「名前は、聞いたことがありますがね。小さいプロダクションじゃないですか？」

「そうです。小さなプロダクションです。そこが、久保さんに、写真入りのカレンダーを依頼したんです」

「それじゃあ、よほど、吹っかけたと思うなあ」

と、仁科は、いった。

「なぜ、そう思うんですか？」

「彼にしてみれば、大きなプロダクションの仕事で、有名タレントの写真を撮るのは、メリットがありますがね。小さなプロの無名のタレントの写真を撮っても、メリットがないんですよ」

「だが、引き受けているんです」

「だから、よほど、金を払ったんだと、思うんですよ。そうじゃなければ、彼が、そんな仕事をやるもんですか」

仁科は、吐き捨てるように、いった。

「金には、シビアな人のようですね？」

「それは、有名ですよ。だから、泣いている人間が、何人もいるんじゃないですか」

と、仁科は、いった。

十津川と亀井は、次に、久保に写真を撮って貰ったタレントのマネージャーに、会うことにした。

最初の人間は、久保のことを賞《ほ》めるばかりで、悪口は、聞けなかったが、二人目の男のマネージャーは、

「もう二度と、あの先生に、撮って貰うのはごめんですね。原田みどりも、そういっています」

と、女優の名前を、いった。

「なぜ、久保さんを、そう毛嫌《けぎら》いするんですか？」

と、亀井が、きいた。

「理由は、いくつもありますよ。第一に女ぐせが悪い」

と、マネージャーは、いう。

「どんな風にですか？」

「その気にならないと、女優の美しさは撮れないといって、関係を迫るんですよ。うちの原田も、ずいぶん、迷惑しましたよ」

「女に、だらしがないということですね」

「だらしがないもいいところでね」

「他には、どんなことがありますか？」

と、十津川が、きいた。

「金に汚い」

「それは、よく聞きますが」

「うちで、女性三人の美人トリオを、売り出すことになりましてね。その宣伝写真を、久保さんに頼んだんですよ。わざわざ、パリまで行きました。報酬の他に、もちろん、飛行機代、ホテル代なども、こちらで、持ちました。ところが、あの先生は、パリで、勝手に高い買い物をして、そのツケを、こちらに廻《まわ》すんですよ」

「断われないんですか？」

「そんなことをしたら、撮影の途中で、さっさと、帰国してしまいますよ、あの先生は」

と、いう。

「ひどいもんですね」

亀井が、本気で、腹を立てていた。

「それでも、なぜ、久保さんに、仕事を頼むんでしょうね？」

と、十津川は、きいた。

「女優を、美しく撮る天才なんですよ。だから、こん畜生と思いながら、頼む人がいるんですよ。私は、もう、ごめんですがねえ」

と、相手は、同じことを、いった。

4

「これで、久保隆介が、標的になった理由が、わかるような気がしてきましたね」

と、亀井は、いった。

「城南プロは、カレンダーを頼んだとき、よほど、久保に、ふんだくられたんだろうね。女のことで、何かあったかも知れない。それで、頭に来て、久保を、罠にかけようと、考えたんだろう」

と、十津川は、いった。

「久保を、レイプ犯に仕立てあげて、金をゆすり取ろうと計画したんですよ。金もですが、仕返しの意識もあったんじゃありませんか」

亀井は、そんないい方をした。

「久保本人は、自分が、標的になっていたことを知っているんだろうか？」

「本人に、会ってみますか？」

と、亀井が、きく。

「会ってみたいが、城南プロのことは、話せないね。標的にしたという証拠はないんだ」

十津川は、慎重に、いった。

「確かに、そうですね」

「会うには、理由が、必要だが――」

と、十津川は、しばらく、考えていたが、

「レイプ事件のことを、聞くことにしよう。丁度、久保のマンションの前で、事件があったことになっているんだからね」

「そうですよ。聞いても、別に、不自然じゃありません」

と、亀井は、いった。

二人は、車で、久保の住んでいる高級マンションに、廻った。

改めて、西本刑事のマンションの前であることを考えてから、久保の部屋のインターホンを鳴らした。

幸い、久保は、在宅していた。

久保は、二人を、部屋に通してから、

「警察の方が、僕に、何の用ですか？」

と、微笑しながら、きいた。

「実は、ある事件の捜査をしていましてね」

と、十津川は、いった。

「事件のね。しかし、僕は、事件に関係している筈がありませんが」

「もちろんです。先日、うちの刑事が、ＡＶ女優をレイプしたとして、告発されましてね」

と、十津川が、いうと、久保は、

「そんなことが、あったんですか」

「そうなんです。この前に、マンションがありますね。ここは、比較にならない安いマンションですが、その一室で、レイプ事件があったことになっているんです」

「ほう。それは、知りませんでした」

「城南プロダクションというのを、ご存知でしょう？」

と、十津川は、きいた。

「さあ。いろいろな芸能プロダクションの仕事をしたことがあるので、はっきり思い出せないんですが――」

「久保さんに、宣伝用のカレンダーを、頼んでいます。今年のカレンダーです」

「カレンダーをねえ。僕は、いくつも、頼まれますから」

と、久保は、いった。

「とにかく、その城南プロの新谷みやこという女優を、刑事が、レイプしたことになっているんですよ。丁度、この前で起きた事件なので、久保さんが、何かご存知じゃないかと、思いましてね」

と、十津川は、きいた。

久保は、眉をひそめて、

「残念ですが、何も知りませんね。仕事が忙しくて、ここにも、帰らない日が、多いんですよ。そのせいで、この辺りの町内の催し物にも参加できなくて、申しわけないと、思っているくらいなんです」

と、いった。

「五月十八日は、何時頃、帰宅されましたか？」

と、亀井が、きいた。

久保は、また、眉を寄せた。

「毎日の詳《こま》かい行動なんか、覚えていませんよ。今日は、珍しく、家にいますが、ほとんど帰っていませんからね」

「スケジュール表というのは、ないんですか？」

と、十津川は、きいた。

「僕の弟子が、持っていますがね。僕は、ほとんど見たことがないんですよ。何となく、スケジュールに縛られるのが嫌《いや》でしてね」

と、久保は、いう。

「そのお弟子さんに、会いたいんですが」

「会って、どうされるんですか？」

「ちょっと、伺いたいことがあるだけです。久保さんに、ご迷惑は、おかけしませんよ」

と、十津川が、いうと、久保は、小さく肩をすくめてから、

「片桐《かたぎり》という男です」

と、いい、調布市内の住所を、教えてくれた。

十津川と亀井は、車で、今度は、調布市に向った。

「片桐という弟子が、何か、知っていると、思われるんですか？」

と、途中で、亀井が、きいた。

「いや、そんなことは、思っていないよ」

「じゃあ、なぜ、わざわざ、会いに行かれるんですか？」

亀井が、変な顔をして、きく。

「久保の態度が、奇妙なんでね。彼の関係者に、会ってみたくなっただけなんだ」

と、十津川は、いった。

「久保の態度は奇妙でしたか？」

「新谷みやこの件を知らないというのは、嘘《うそ》だよ。ああいう男は、自分のまわりで起きている事件に、敏感な筈なんだ」

と、十津川は、いった。

調布市の、多摩川に近い辺りのマンションに、片桐という弟子は、住んでいた。

二十代と思われる片桐は、大きなカメラバッグを下げて、これから、出かけようとするところだった。

「今日は、四谷のスタジオで、午後三時から撮影があるので、行っていなければならないんです」

と、片桐は、十津川に、いった。

「じゃあ、車で、お送りしますよ」

と、十津川はいい、彼を、パトカーに乗せた。

「助かります。久保先生より、三十分は、早く行ってないと、叱《しか》られますからね」

片桐は、腕時計に眼をやりながら、いった。

「久保さんの話では、あなたが、彼のスケジュール表を持っているということですが」

と、十津川が、きくと、片桐は、「え？」と、声をあげて、

「僕は、持っていませんよ」

「じゃあ、誰が、持っているんですか？」

と、亀井が、きいた。

「渡辺《わたなべ》さんですよ」

「それは、どういう人なんですか？」

「僕と同じ、久保先生の下で、働いています」

「つまり、弟子の一人ということですか？」

「ええ。僕にとっては、兄弟子《あにでし》です。久保先生の信頼も厚い人です。だから、先生のマネージメントの仕事も、委《まか》されています」

と、片桐は、いった。

「久保さんは、どうして、間違えたんだろう？」

亀井が、きくと、片桐は、小さく頭を振って、

「僕には、わかりません」

と、いうだけだった。

四ツ谷駅から、百メートルほどのところに、「スタジオ21」という久保の写真スタジオがあった。

まだ、久保は、来ていない。片桐が、汗をかきながら、撮影の準備をすませ、車で、女優とマネージャーが到着してから、久保が、ゆっくりと現われた。

十津川が、その久保を、つかまえて、

「片桐さんは、あなたのスケジュール表は、持っていない。持っているのは、兄弟子の渡辺という人だと、いっていますよ」

と、いうと、久保は、平然として、

「そうでしたかねえ。渡辺君だったのか」

「渡辺さんは、ここへ来ますか？」

「いや、今、カゼをひいて、寝ているんじゃないかな。そんなことを、いってたか

ら」

と、久保は、呑気《のんき》にいった。

「彼の住所を、教えてくれませんか」

「今、いったように、カゼで、寝てますよ。治ったら、そちらに、行かせますよ」

久保は、面倒臭そうに、いい、スタジオの奥に入って行こうとする。

亀井が、むっとした顔で、久保の腕をつかんで、

「渡辺さんの住所を、教えてくれませんか。それとも、何かまずいことでも、あるんですか？」

「そんなものは、ありませんよ」

と、今度は、久保が、むっとした顔になっていた。

久保は、大声で、弟子の片桐を呼ぶと、

「刑事さんに、渡辺君の住所を、教えてあげてくれ」

と、いった。

片桐は、申しわけなさそうな顔をして、メモに、渡辺の住所を書いて、亀井に渡した。

「行ってみますか？」

と、亀井が、小声で、十津川に、きいた。

「もちろん、行ってみるよ」

と、十津川は、いった。

十津川と、亀井は、今度は、パトカーを、代々木に、飛ばした。

明治神宮近くのマンションだった。十津川は、そのマンションを見上げて、

「面白いね。もう一人の弟子の片桐は、古ぼけたマンションの1Kの部屋に住んでいたが、こっちはなかなかの高級マンションじゃないか」

「そうですね。給料に、そんな差があるとは思えませんから、親が、資産家なんじゃありませんか」

と、亀井が、いった。

十一階建のマンションの九階に、渡辺は、住んでいる筈《はず》だった。

だが、九〇六号室は、いくらベルを鳴らしても、返事がなかった。

亀井が、鳴らし続けていると、隣りの部屋の女性が、顔を出して、

「渡辺さんは、お留守ですよ」

と、十津川たちに、いった。

「留守ですか？　カゼで、寝ていると、聞いたんですが」

「いえ。お出かけになるのを見ましたわ」

と、三十歳ぐらいの女性は、いう。

「いつ、出かけました？」

「昨日の朝ですよ。旅行に行くような恰好《かっこう》をしてらっしゃいましたよ」

「旅行の恰好ですか？」

「ええ。だから、旅行だと、思ったんですけど」

と、女性は、いった。

念のために、管理人に頼んで、調べて貰ったが、中に、渡辺は、いないことが、わかった。

「変だな」

と、十津川は、いった。

第五章　再び国東へ

1

「確かに、変ですね。久保が、このことを知らないというのは、おかしいですよ」

亀井が、首をかしげた。

「渡辺は、久保のスケジュール表を持っている男だ。つまり、マネージメントをしている人間だよ。その男が、旅行に出かけているのを知らずに、カゼをひいて、寝ていると思っていたなんてことは、信じられないよ」

と、十津川は、腹立たしげに、いった。

「久保は、嘘をついていますね」

「それも、すぐわかる嘘をだ」

「なぜ、そんな嘘をついたんでしょうか？」

「本人に、聞いてみようじゃないか」

と、十津川は、いった。

二人は、車で、四谷の「スタジオ21」に、引き返した。

まだ、女優の撮影は、続いていた。

（仕事には、熱心な男なのだ）

と、十津川は、思いながら、撮影がひと区切りしたところで、久保に、声をかけた。

「渡辺さんは、旅行に出かけていましたよ」

と、十津川が、いうと、久保は、

「旅行？　そんな筈はありませんがねえ」

「なぜ、カゼをひいて、寝ているなんて、いったんですか？　だれが、そういったんですか？」

十津川が、咎《とが》めるように、きくと、久保は、いきなり、傍《そば》にいた弟子の片桐の顔を殴りつけた。

「なぜ、おれに、嘘をついたんだ！　おかげで恥をかいたじゃないか！」

と、久保が、怒鳴る。

「ちょっと、待って下さいよ」

と、十津川は、久保を制して、

「カゼをひいて寝ているというのは、その片桐さんが、いったんですか？」

「そうなんですよ。だから、頭から、鵜呑《うの》みにしていたんです。なぜ、そんな嘘をついたんだ！」

と、久保が、また、怒鳴る。

「申しわけありません」

と、片桐が、頭を下げた。

「本当は、どうなんだ？　渡辺は、旅行に出かけてるのか？」

「はい」

「行先は、何処《どこ》ですか？」

と、十津川が、片桐に、きいた。

片桐は、ちらりと、久保に眼をやってから、

「知りません」

「久保さんは、ご存知ですか？」

と、十津川が、視線を、久保に向けた。

「知る筈がないでしょう。旅行に出かけていることも、知らないんですから」

と、久保は、口をとがらせるようにして、いった。

「想像もつきませんか？」

「つきませんねえ」

「しかし、おかしいですね。なぜ、渡辺さんは、先生のあなたに断らずに、旅行に出かけたんでしょうか？　いつでも、そうなんですか？」

亀井が、皮肉な眼つきで、久保を見た。

「そんなことは、ありませんよ。多分、片桐にいっておいたので、それでいいと、思ったんじゃないですかね。悪いのは、こいつですよ」

と、久保は、片桐を睨《にら》んだ。片桐が、また、「申しわけありません」と、頭を下げた。

十津川は、念を押すように、久保を見て、

「本当に、行先を知りませんか？」

「知っていれば、いいますよ」

「では、もし、連絡があったら、すぐ、われわれに、知らせて下さい」

「渡辺が、何か、やらかしたんですか？」

「いや、渡辺さんに、聞きたいことがあるだけです」

そういっておいて、十津川は、亀井と、スタジオを出た。

車に戻った。が、亀井は、釈然としない顔で、

「久保の話は、信じられますか？」

「信じにくいねえ。特に、彼が、渡辺という弟子が旅行に出かけているのを、知らなかったというのはね」

と、十津川は、いった。

「いきなり、弟子の片桐を殴りつけたのには、びっくりしましたが、あれは、芝居ですかね？」

「多分ね」

と、十津川は、笑った。芝居だったとすれば、セコい芝居だった。

その日の夜、午後十時頃、久保から、電話が、かかった。

「渡辺の行先がわかったら、知らせて欲しいといわれたのを、思い出しましてね」

と、久保は、いった。

彼の声の背後が、賑《にぎ》やかなところをみると、クラブにでも、いるのだろう。

「わかったんですか？」

「ええ。彼から、電話がありましてね。今、国東半島へ来ているというんです」

「国東半島？」

思わず、十津川の声が、大きくなった。

「なぜ、国東へ行ったんだと聞いたら、前から、磨崖仏《まがいぶつ》を撮りたいと思っていた。それで、やみくもに、来てしまった。すいませんと、謝っていましたよ」

「前から、本当に、そういっていたんですか？」

「そうなんですよ。あの男は、昔から、道祖神とか、仏像を撮るのが好きでしてね。磨崖仏のことも、いっていましたねえ。いつか、国東半島へ行って来たいって。僕は、忘れていたんですが、今週行くのを、僕は、承知していたらしいんです。僕のミスです。片桐を殴ったりしてしまって。これから、彼に、謝ろうと、思っているんです」

と、久保は、いう。

「今、何処ですか？」

と、十津川は、きいた。

「えっ、渡辺なら、あと、二、三日、国東にいると、いっていましたが」

「いや、久保さんのことですよ。賑やかな声が、聞こえますが」

と、十津川は、いった。

久保は、電話の向うで、笑った。

「今日の撮影の慰労会みたいなものを、銀座のクラブで、やってるんですよ。今、バカ笑いをしてたのは、女優のマネージャーです。十津川さんも、いらっしゃいませんか？」

「遠慮しておきましょう」

と、十津川は、いって、電話を切りかけたが、

「渡辺さんは、国東半島の何というホテルに泊っているんですか？」

「泊っていませんよ」

「というと？」

「レンタカーを借りて、その車に、寝泊りするんだといっていました。今の時期なら、カゼもひかんでしょう」

と、久保は、いった。

2

（どうなってるんだ？）

電話がすんでからも、十津川は、その思いに、とらわれていた。

これは、偶然の一致なのだろうか？

若い写真家が、国東半島の磨崖仏を、撮りたいと思うのは、よくわかる気がする。あの半島の鄙《ひな》びた景色そのものも、魅力がある筈だ。

だが、国東で、というより、国東周辺で、二つの殺人事件が起きている現実を見ると、どうしても、単なる偶然とは、思えなくなってくる。

十津川は、翌日、亀井に、久保の電話のことを、伝えた。

「だがねえ。カメさん。これが、偶然でないとすると、渡辺は、何しに、国東へ行ったんだろう？」

思えないと、いった。

と、十津川は、いった。

「渡辺は、彼自身の意志で、国東へ行ったんでしょうか？　それとも、誰かの指示で、行ったんでしょうか？」

と、亀井は、いう。

「今のところ、何ともいえないね。第一、本当に、国東半島へ行っているかどうかも、わからないんだ」

「県警に、頼んで、調べて貰いましょうか？　レンタカーを借りていれば、わかりますから」

「そうしてくれ。渡辺のフルネームは、渡辺智之《ともゆき》だ」

と、十津川は、いった。

亀井が、大分県警に、電話で、連絡をとった。が、その結果は、すぐ、わかった。

一昨日の午後三時頃、大分空港近くのNレンタカー営業所で、渡辺智之の免許証を見せて、二十代の男が、白のトヨタ・カローラを、借りたというのである。

三日間、使いたいということで、その男は、運転免許証の写真と同じ顔で、ショルダーバッグを下げ、カメラを持っていたという。

「じゃあ、間違いなく、渡辺は、国東へ行ってるんだね」

と、十津川は、いった。ひょっとすると、久保が、嘘をついているのではないかと、思っていたのだ。

「一四時四〇分大分着の飛行機がありますから、多分、この便に乗って東京から行ったんだと思いますね」

と、亀井が、いった。

「ひとりで、行ったんだろうか？」

「レンタカーの営業所に来たのは、男一人だそうです」

「カメラを持って、国東の磨崖仏を撮りに行った――か」

と、十津川は、呟《つぶや》いてから、亀井に、

「渡辺智之という男のことを、調べてみてくれないか」

と、いった。

「何か、怪しいところでも？」

「わからないが、同じ久保の弟子なのに、片桐は、中古のマンションに暮らしていて、渡辺の方は、高級マンションに入っている。場所も、片桐は、調布市だし、渡辺は、東京の真ん中の代々木だ」

「わかりました。その辺のことも、調べてみます」

と、亀井は、いった。

亀井は、清水と日下の二人の若い刑事を連れて、聞き込みに出かけて行った。

最初に、渡辺智之の経歴が、わかった。

故郷は、福井県の永平寺近くで、農家の次男に生れている。

地元の高校を出たあと、上京し、働きながら、都内のS写真学校に通い、卒業後、グループピコという若手の写真家の集団に属した。が、カメラでは、生活できず、探偵社の調査員をやったり六本木のクラブで、ボーイをしたりしていたが、一年前から、グループピコをやめて、久保の弟子になる。

「問題は、今日までの一年間です」

と、亀井が、十津川に報告した。

「どう問題なのかね?」

「久保は、弟子扱いが乱暴で、殴られて、やめていった者が多いそうです。それに、給料が安くて、もう一人の弟子の片桐で、月十五万しか貰っていません。渡辺も、去年の五月に弟子入りした時は、そのくらいのもので、京王線・千歳烏山《ちとせからすやま》近くの三畳一間のアパートに住んでいました」

「それが、どうして、原宿の高級マンションに、住むようになったのかね? 実家が、裕福ということかね?」

「今もいいましたように、実家は、農家で、別に、資産家ではありません」

と、亀井が、いい、清水刑事が、それに続けて、

「今年になってから、急に、生活が、変ったということです。原宿の高級マンションに、住むようになり、車も、買っています。久保から、毎月、五、六十万の月給を貰っているのではないかという噂がありますが、これは、久保が、否定しています。し

かし、原宿のマンションを借りる時の敷金や、礼金は、久保がやったといわれています」

「それは、久保が、渡辺に、何か弱みを握られたということかね？」

と、十津川は、きいた。

「かも知れませんが、実情はつかめません」

「この件で、昔の渡辺の仲間のグループピコの連中に聞いてみましたが、その中の一人が、面白いことをいっていました。渡辺は、芸術の女神に仕える代りに悪魔に魂を売ったと」

と、日下刑事が、いった。

「どういう意味なんだ？」

と、十津川は、きいた。

「渡辺は、若手の写真家の間では、才能があるということで、期待されていたそうで、グループピコが、展覧会をやると、その中で、いつも、彼の撮った写真が、注目されていたといわれています。彼が、目指していたのは、いわゆる社会派の写真で、グループピコに入っていた頃の彼は、公害問題を追いかけたり、少しずつ貯《た》めた金で、カンボジアへ行って、写真を撮って来たりしたそうです。それが、去年、突然、久保の弟子になったので、仲間は、みんな、びっくりしたそうです。久保は、きれいな写真を撮って、金にはなるが、渡辺のもっとも嫌《きら》いな写真家の筈だったからです」

「だから、芸術の女神に仕える代りに、悪魔に魂をというわけか」

「そうです。グループピコの連中は、渡辺が、久保の弟子になった時、これは何かあると、思ったそうで、今年になって、渡辺が、スポーツカーを乗り廻《まわ》しているのを見て、やっぱりと、思ったそうです」

と、日下は、いった。

「やっぱりという感想は、どこから来ているのかね？」

十津川が、きくと、亀井が、

「グループピコの何人かに、それを聞いてみたんですが、異口同音にいうのは、久保と渡辺の間には、師と弟子という関係以外に何かあると、いいますね。二人は、ホモの関係じゃないかという者もいますし、渡辺は、ずっと、探偵社で、調査の仕事をやっていますから、その時に、久保の秘密をつかんだんじゃないかという者もいます」

「後者の方が、面白いね」

と、十津川は、いった。

亀井は、続けて、

「探偵社では、渡辺は、カメラの腕を生かして、調査事項の証拠写真を撮っていたそうです。例えば、離婚の裁判に有利なような証拠をと頼まれ、夫なり、妻なりの浮気の現場写真を撮ったりしていたらしいのです」

「その時、偶然、久保の秘密をのぞくような写真を撮ったということなのかね？」

「かも知れません。久保は、何かと、噂《うわさ》のある男ですから」

と、亀井は、いった。

「しかし、渡辺は、去年の五月に、久保の弟子になったわけだろう？」

「そうです」

「だが、高級マンションに住んだり、スポーツカーを乗り廻すようになったのは、今年になってからなんだろう。もし、久保の弱みをつかんで、近づいたのだとしたら、去年の五月から、いい暮らしをしているんじゃないのかね？」

と、十津川は、きいた。

「そこなんですが、こんな風にも考えられます。去年の五月に、弟子になってすぐ、ぜいたくな暮しを始めたのでは、勘ぐられる。下手《へた》をすると、久保の秘密が、暴露される心配もある。そこで、相当の金を渡したが、ぜいたくをするのは、今年になってからと、約束が出来ていたんじゃないか。そんな気もするわけです」

「なるほどね」
と、十津川は、肯《うなず》いたが、
「渡辺と、久保との関係が、そんな具合だとして、西本刑事が、罠《わな》にはめられたこと
と、どうつながってくるのかね？」
と、きいた。
「問題は、そこなんですが」
亀井も、急に、難しい顔になってしまった。
「西本刑事のことと、何の関係もなければ、渡辺と、久保の間に、何があっても、意
味がないよ」
十津川は、厳しい表情で、いった。
「しかし、警部。渡辺が、国東半島へ行ったということは、何か関係がある筈《はず》だと、
思わざるを得ません」
と、若い日下刑事が、思いつめた表情で、いった。
「だが、そう思うだけじゃあ、西本刑事は、助けられんよ。渡辺が、何をしに、国東
へ行ったのか、その理由を知りたい。もちろん、磨崖仏を撮るなんて、表面的な理由
じゃなくて、本当の理由だ」

十津川が、いうと、日下と、清水の二人が、口を揃《そろ》えて、

「国東へ行かせて下さい」

と、いった。

「行けば、何かつかめると、思うのかね？」

「自信はありませんが、西本のために、何とかしたいんです。東京で、じっとしているのは、耐えられません」

と、日下と、清水が、いう。

「それなら、行って来なさい」

と、十津川は、いった。

3

二人が出かけたあと、亀井が、心配げに、

「彼らが、うまくやってくれればいいんですが、下手に、突っ走られると困ります」

と、十津川に、いった。

「若いんだから、多少の暴走は、仕方がないさ。仲間のことを、心配している気持は、

何とかしてやりたいんだよ」

「それは、わかります。ところで、北条《ほうじょう》刑事の姿が見えませんが」

と、亀井が、いう。

「彼女も、西本刑事のことを、心配していてね。久保の『スタジオ21』で、女子事務員を募集していたので、自分で、応募してしまった。今日から、そこで、働いているらしい。さっき、電話が、かかって来たよ」

と、十津川は、いった。

「大丈夫ですかね？」

「彼女なら、日下や、清水なんかより、しっかりしているよ」

と、十津川は、笑った。

北条早苗《さなえ》は、今のところ、捜査一課で、ただ一人の女性刑事だが、同じ年代の西本や日下、それに、清水といった男の刑事より、大人で、冷静である。

十津川は、別のことに、悩んでいた。

西本が、なぜ、罠にかけられたのか？　それも、相手はレイプ犯に仕立てあげただけで、あき足らず、殺人犯に、してしまった。

これだけ、西本が、憎まれる理由は、いったい、何なのか？

それを調べるために、城南プロダクションについて、洗ってきた。

それが、いつの間にか、捜査の対象が、写真家の久保に、移っている。

十津川が、悩むのは、そのことが、果して、事件の解決に近づいているのか、それとも、逆に、遠ざかっているのか、わからないことだった。

もし、解決から遠ざかる方向へ向っているとしたら、日下と清水が、国東へ行くのは、無駄《むだ》なことだし、北条早苗の行動が、無意味になってくる。

そして、何よりも怖いのは、肝心の西本を助けられないことなのだ。

（だが、あわてても、仕方がない）

と、十津川は、自分にいい聞かせた。自分が、あわてたら、部下の刑事たちが、戸惑ってしまうだろう。

「城南プロへ行ってみないか」

と、十津川は、亀井を、誘った。

「反応を見に行くわけですね？」

「ああ。われわれが、城南プロから、捜査の対象を、久保と、その弟子に向けたことを、彼等がどう思っているか、その反応を見たくなったんだよ」

と、十津川は、いった。

二人は、城南プロに足を運び、小野木社長に会った。

小野木は、露骨に、不快気な表情を見せて、

「まだ、何か、調べることがあるんですか？　西本刑事が、逮捕されたのは、彼が人殺しをしたからで、うちの会社とは、何の関係もありませんよ。うちは、大事な新谷みやこという商品を失っているんですから、そちらに、文句をいいたいくらいですよ」

と、口をとがらせた。

十津川は、わざと、笑顔を作って、

「今までは、申しわけないことをしました。確かに、城南プロは、被害者です」

「当り前ですよ」

「もう、あなたや、マネージャーの林さんが、仕組んだことなどとはいいませんよ」

「わかって下されば、いいんです」

「別の人間が仕組んだ罠ではないかと、考えるようになりました」

「別の人間といいますと？」

「先日、林さんに写真家の久保さんのことを話したでしょう。どうやら、久保さんと、その弟子の渡辺というのが、仕組んだことだと、わかって来ましてね。この二人を、

追及していくことにしましたので、もう城南プロの方々には、ご迷惑は、おかけしないと思いますよ」

と、十津川は、いった。

小野木の顔に、当惑の表情が、浮ぶのを、十津川は、見逃がさなかった。

「何か、まずいことでもありますか？」

と、十津川が、きくと、小野木は、あわてた様子で、

「そんなことは、ありませんが、なぜ、久保さんをマークされたんですか？」

と、きく。

「それは、別に、小野木さんには関係ないでしょう？　いろいろと、調べた結果、久保さんと、その弟子を、マークすることにしたわけです。それとも、彼等のことで、何か、私たちに話したいことがあるのなら、遠慮せずにいって下さい」

十津川は、小野木の顔を、のぞき込むように見た。

小野木は、首を小さく横に振って、

「とんでもない。うちと、久保さんとは、関係ありませんよ。ただ、前に、うちの新人タレントのために、写真を撮って貰《もら》ったことがありましてね」

「それは、聞きましたよ」

「警察にマークされている写真家に、今後も、うちのタレントの写真を依頼していいのかどうか、それを知りたいだけでしてね。何といっても、うちは、人気商売ですから。久保さんが、どの程度の疑惑を持たれているのか、それを知りたいのですがねえ」

「それで？」

「うちで、久保さんに、仕事を頼んだとします。あの先生は、前金じゃないと、なかなか、仕事をしてくれませんからね。金を払って、これから、仕事というところで、警察に捕まってしまったら、大損ですよ。それで、久保さんが、どの程度容疑をかけられているのか、どんな容疑なのか、何とか、内緒で、教えてくれませんか。うちみたいな小さなプロダクションは、潰《つぶ》れかねませんからね」

と、小野木は、いった。

十津川は、笑って、

「それなら、久保さんには、もう、仕事を頼まないことですね。それが、賢明ですよ」

と、いった。

小野木は、それでも、探るように、十津川を見て、

「十津川さん。ひょっとして、私をからかっているんじゃないでしょうね？」

「私は、刑事ですよ。嘘《うそ》をついて、どうするんです？」

十津川は、厳しい眼になって、いった。

小野木は、十津川が、怒ったと思ったのか、あわてて、

「十津川さんが、嘘をついているとは、思いませんが――」

「じゃあ、何です？」

「久保さんは、いろいろと、問題のある人と聞いていますが、警察の厄介になるようなことは、していないと、思いますがねえ」

と、小野木は、いう。何とかして、十津川たちが、久保に対して、どんな疑いを持っているのか、どんな捜査をしているのか、知ろうとしている感じだった。

「それは、あなたが、気にすることではないんじゃありませんか」

と、亀井が、いった時、電話が、鳴った。

小野木は、手を伸して、受話器を取り、

「城南プロですが」

と、大きな声を出したが、急に、声をひそめて、

「その件は、あとで、ご相談しましょう。いえ、こちらから、連絡しますよ」

と、いって、電話を切ってしまった。

「誰からですか？」

と、亀井が、きいた。

「いや、うちが、金を借りてる銀行の支店長ですよ。どうも、頭のあがらない相手で」

と、小野木は、頭をかいた。

「城南プロは、儲《もう》かってないんですか？」

亀井が、無遠慮にきいた。小野木は、小さく肩をすくめた。

「うちみたいな弱小プロは、いつだって、経営は、苦しいですよ。そろそろ、仕事をしたいんですが、構いませんか？」

「どうぞ。われわれも、もう失礼します」

と、十津川はいい、亀井を促して、社長室を出た。

覆面パトカーに戻ると、亀井が、楽しそうに、

「面白かったですね」

と、十津川に、いった。

「あんなに、はっきりした反応を見せるとは、思わなかったな」

「それだけ、久保との関係が、深いということじゃありませんか。いいかえると、城南プロは、久保が警察に調べられるのは、困るんですよ」

「私たちがいた時、掛かってきた電話は、久保からかも知れないね。銀行の支店長というのは、嘘だろうね」

「わざわざ、あんなことをいうのは、嘘に決っています。ただ、銀行とだけいえば、いいわけですからね。詳《くわ》しくいう時は、たいてい、怪しいですよ」

と、亀井も、いった。

「これで、少しは、自信が、持てたよ。捜査方針に間違いないと、わかったからね」

と、十津川は、いった。

城南プロと、久保がつながっているのなら、久保を捜査することは、同時に、城南プロを調べることにもなるからだ。

「今頃、電話で久保と、私たちが来たことを、話し合っているんじゃありませんかね」

と、亀井は、車をスタートさせてから、いった。

「私としては、その方がありがたいね。間接的に、久保にも、圧力が、かかるからね」

と、十津川は、いった。

夜になって、国東に着いた日下と、清水の二人から、電話が入った。

「渡辺が、レンタカーを借りた営業所へ寄って来ました。間違いなく、渡辺智之の名前で、白のトヨタ・カローラを、借りています」

と、日下が、いった。

「渡辺が、今、何処にいるか、わかるかね？」

「彼が借りた車のナンバーも、わかっていますから、何とか、探せると、思います。それから、今、清水が、県警の別府署に、電話していますので、何かわかると、思います」

と、日下は、いった。

五、六分して、その清水が、電話してきた。

「県警では、渡辺の行動を、調べてくれていたそうです。こちらから、照会してあったからだと思います」

「それで、渡辺は、どんな行動をとっているんだ？」

「まず、現在ですが、渡辺は、別府のホテルに、泊っています」

「別府？　国東じゃないのか？」

「昨日は、レンタカーで、国東半島を廻ったことは、間違いないようです。県警の調べでは、有名な熊野《くまの》の磨崖仏《まがいぶつ》で、写真を撮っていた渡辺を、目撃した人間がいるそうですから」

「そして、今日になって、別府へ行ったわけだね？」

「そうです。今は、別府の杉乃井ホテルに泊っています」

「そのホテルは、西本刑事が、泊ったホテルだよ」

と、十津川は、いった。

「そうらしいですね。県警が、国東半島で、聞き込みをやり、渡辺の走ったルートを、わかる限り、地図に書き込んで、見せてくれると、いっています」

「県警に、お礼をいっておこう。向うは、西本刑事犯人説でいるのに、こちらに、協力してくれたんだ」

「これから、私と日下刑事も、別府へ行こうと思っています」

と、清水は、いった。

翌日、清水が、ファクシミリで、国東半島の何ケ所かに、×印をつけた地図を、送って来た。

その地図には、清水の添書があって、×印は、県警の聞き込みによって、渡辺が、目撃された地点だとある。

亀井が、その地図を、のぞき込んだ。

「一応、国東半島を、観光しているようですね」

と、亀井が、いった。

「ああ。観光客が行きそうなところは、だいたい、廻っているんだが、ここは、違う」

十津川は、宇佐から、大分空港へ、半島を斜めに横切る道路の中央部あたりに書かれた×印を、指さした。

「ここには、何もないよ。確かこの辺りは、道路の両側は、雑木林か竹林だ」

「確か、ここは――」

「そうさ。タクシー運転手が、殺された場所だよ」

と、十津川は、いった。

「そこで、記念写真でも、撮ったんですかね？」

「そんなことをするものか」

と、十津川は、笑った。

「偶然、そこへ行ったとは、思えませんね」

「もちろんだよ。何か理由があって、立ち寄ったんだ」

「すると、別府でも、新谷みやこの殺された海地獄へ、行くんじゃないでしょうか？」

と、亀井が、いう。

「多分、そうだろう。もちろん、地獄めぐりの写真を撮るふりをしてだろうがね」

と、十津川は、いった。

十津川の予測は、当っていた。その後の日下と、清水からの連絡によると、渡辺は、杉乃井ホテルに泊った翌日、レンタカーで、海地獄を見に出かけたというのである。

「写真を、ぱちぱち撮っています。それを見ている限り、カメラマンが、別府の名所を、撮っているという感じですね」

と、日下が、電話してきた。

そのあと、渡辺は、坊主地獄、山地獄と、地獄めぐりをしている。

そのまま、写真を撮りまくって、ホテルに、帰ってしまった。

「写真を撮ったのと、安いお土産を買ったこと以外、渡辺は、何もしていません」

と、日下は、いった。

十津川は、迷った。ただの観光や、写真を撮りに、渡辺が、国東半島から、別府へ行ったとは、思われない。

何かある筈なのだ。

「ひょっとして、尾行に気付かれているんじゃないのか？」

と、十津川は、いった。

「そんな気配はないと思います。一度も、背後《うしろ》を、振り返りませんでしたから」

と、日下が、いう。

「いや、気付いている。違うな。自分が、尾行されてるのを、知ってるんだ」

「そうでしょうか？」

「いいか。久保は、わざわざ、私に、渡辺が国東半島へ行ったと、知らせて来た。われわれが、渡辺の行動を、チェックすると、知っていてだよ」

「すると、久保が、渡辺に連絡したことは、当然考えられますね。警察に知らせたと」

「そうだよ。だから、振り返らなくたって、渡辺は、自分が、刑事に尾行されていると、知っていたんだ」

と、十津川は、いった。

「しかし、なぜ、久保は、渡辺の行先を、警部に教えたんでしょうか？」

と、日下が、電話で、きく。

「教えなければ、われわれが、怪しむと考えたんだろう。それに、もう、することは、すましてしまったのかも知れない。国東半島を廻っている時、尾行はついてなかったからね」

「渡辺をつかまえて、何をしに来たのか、吐かせますか」

日下が、勇ましいことを、いう。十津川は、苦笑して、

「何の容疑で、捕えるんだ？」

「まずいですか？」

「うまくはないね」

と、十津川は、いったあと、急に不安になって、

「今、渡辺は、どうしている？」

と、きいた。

「ホテルに帰って、大人しくしています」

「ひょっとすると、夜になってから、また、出かけるかも知れないぞ」

「同じ場所へですか？」

「ああ。まず、君たちに、わざと尾行させ、安心させておいてから、夜、ひそかに、

出かけるつもりかも知れない」

と、十津川は、いった。

「気をつけます」

と、日下が、いった。

だが、そのあと、日下と清水から、なかなか、連絡が入らなかった。

午前一時過ぎになって、突然、日下から、電話が飛び込んだ。

「今、渡辺が、出かけます。結果は、あとで、報告します」

と、日下は、あわただしくいい、がちゃんと、電話を切ってしまった。

日下と、清水が、再び、電話して来たのは、更に、一時間ほどしてからだった。

「やはり、警部のいわれた通り、渡辺は、レンタカーで、出かけました。今まで、走って、戻って来たところです」

「彼は、何処へ出かけたんだ？」

「現場です」

「現場？」

「海地獄の近くで、新谷みやこが、殺されていた場所です」

と、日下が、いう。

「なるほどね、殺人現場か。そこで、渡辺は、何をしたんだ？」

と、十津川は、きいた。

電話が、清水に代って、

「それなんですが、何もしません」

「何もしない？」

「はい。ゆっくりと、車を走らせて、戻って来ただけです」

「彼は、車を降りなかったのか？　一度も」

「はい。一度も、降りません」

と、清水が、いった。

十津川は、戸惑いながら、

「尾行に、気付かれたんじゃないのかね？」

と、きいた。

「十分に気を付けて、尾行した積りです。何しろ、深夜で、車の通行も、ほとんどないので、時々ライトを消し、距離も、あけて、尾行しました」

と、日下が、いった。

「周囲は、暗かったんじゃないか？」

「はい。しかし、相手の尾灯を、しっかりと見つめて、尾行しましたから、渡辺が、車を止めなかったことは、間違いありません。もちろん、信号が赤で、一時停止した場合を除いてですが」

「そうか――」

と、肯いた。が、十津川は、合点が、いかなかった。

午前一時過ぎという時間に、ただ単に、殺人現場を、見に行ったとでもいうのだろうか?

十津川は、窓を開け、暗い夜空に、眼をやった。

久保と、城南プロとは、どこかで、結びついていて、西本刑事を、殺人犯にまで、仕立てあげたのだ。

渡辺は、もちろんその計画に、加わっている筈だ。その男が、ただ、磨崖仏の写真を撮るために、国東半島へ行ったり、別府の殺人現場へ意味もなく、レンタカーを走らせるだろうか?

(何かをしに行った筈なのだ)

と、十津川は、思う。

国東半島の方は、尾行がついていなかったから、渡辺が、レンタカーを走らせて、何をしたか、わからない。車をとめて、何かしたのかも知れない。

だが、別府の場合は、日下と清水が、尾行していた。

渡辺は、ただ、車をゆっくり走らせただけだという。

日下と、清水の二人がいうのだから、その通りに違いない。いくら、暗かったといっても、相手が、車を止めて、降りたりしたのなら、わからない筈はないのだ。

と、すれば、相手は、わからないようにして、何かをしたに違いない。

深夜の道路を、車をゆっくり走らせながら、何が出来るだろうか？

車を、ひとりで運転しながらである。

（出来ることは、窓を開けておいて、何かを外へ投げ捨てることぐらいだが――）

と、十津川は、推理を、進めていった。

（それを、やったのではないか？）

日下たちは、車で、尾行した。気付かれるのを恐れて、時々、フロントライトを消していたともいう。

と、すれば、渡辺が、小さなものを、窓から投げたにしても、日下たちは、気がつかなかったのではないか？

他に、何かしたということは、今のところ、考えられない。

(もし、この推理が当っているとしたら、何故、そんなことをしたのだろうか?)

と、十津川は、考えた。

一つの考えが、十津川を、捕えた。

十津川は、あわてて、日下に、電話をかけた。

間もなく、夜が明けるのだ。

「すぐ、渡辺の走ったコースを、調べるんだ」

と、十津川は、日下に、いった。

「何か、わかったんですか?」

と、日下が、きく。

「何もわからないが、渡辺は、走る車から、何か小さなものを、投げたんじゃないかと、思うんだよ」

「何をですか?」

「多分、西本刑事の持ち物の何かだ。彼のものだとわかる万年筆とか、カードとか、ライターとかだ」

「なぜ、そんなことをするんですか?」

「西本刑事は、今、新谷みやこ殺しで、逮捕されている。だが、われわれが、彼の無実を証明しようと動いているので、真犯人は、不安になってきたんだと思う。それで、もう、ひと押ししようと、西本刑事の持ち物を、現場附近で、発見させようとしているんじゃないかね」

と、十津川は、いった。

「わかりました」

と、日下は、あわてた調子で、

「すぐ、もう一度、行って来ます」

「多分、新谷みやこが、妙な写真を、西本刑事のマンションで、撮ったとき、何か、小物を盗み出したんだろう。しっかりと、探してくれ」

と、十津川は、いった。

電話が切れたあと、十津川は、亀井と、顔を見合せた。

窓の外は、どんどん、明るくなってくる。海地獄の周辺にも、人が出てくるだろう。十津川の予想が当っていたら、誰かが、西本の何かを、見つけてしまうのではないか。

そのまま、持ち去ってくれればいいが、もし、近くの派出所なり、交番に届けてしまったら、大分県警は、小躍りするだろう。

一時間、二時間とたったが、日下刑事たちからの連絡はない。

十津川は、次第に、不安になり、焦《あせ》ってきた。

三時間余りたってから、やっと、日下刑事から、電話がかかった。

「いくら探しても、何も見つかりませんでした」

と、日下は、疲れた声で、いった。

「駄目《だめ》か」

「清水刑事と、例の現場周辺を、何回も、調べたんですが――」

「そうか。ご苦労さん」

と、十津川は、いった。見つからなければ、仕方がないのだ。

「もう一度、二人で、調べて来ます」

と、清水刑事が、代って、いうのを、十津川は、

「もういいよ。それより引き続いて、渡辺を監視してくれないか」

「奴《やつ》を捕えて、何をしたか、吐かせますか？」

「奴が、車から、物を投げるところを、見てはいないんだろう？」

「見ていません」

「じゃあ、問い詰めても、シラを切られるだけだ。今、いった通りにして欲しい」

と、十津川は、繰り返した。

「わかりました。渡辺に、ぺったり、くっついて、今度こそ、彼が何をやるか、見届けます」

と、清水は、いった。

電話が切れると、亀井が、なぐさめるように、

「何もなかったかも知れませんよ」

と、いった。

「そうならいいんだが――」

と、十津川は、呟いてから、

「大分県警の反応を、みてみようか」

「どうするんですか？」

「電話をかけてみる」

と、十津川は、いった。

三浦という若い警部の顔を思い出しながら、十津川は、大分県警別府署に、電話をかけた。

三浦を、呼んで貰ってから、

「西本刑事のことですが、こちらで、調べていくと、彼が、無実《シロ》だという証拠しか、

見つからないのですがね」

と、伝えた。

「そりゃあ、十津川さんが、身内をかばいたい気持は、わかりますがねえ。無駄だと、思いますよ」

三浦の若々しい声は、自信にあふれていた。十津川は、嫌《いや》な予感を覚えながら、

「そちらだって、彼が犯人だという証拠は、見つからんのでしょう?」

と、いった。

わざと、挑戦《ちょうせん》的ないい方をすると、若い三浦は、それに、のってきて、

「殺人の目撃者は、見つかりませんがねえ、西本刑事が、現場にいたという新しい証拠が、見つかりましたよ」

と、いった。

(やっぱりか――)

と、十津川は、思いながら、

「タクシー運転手の証言なら、もう、聞いていますよ」

「もう一つの証拠です。今朝、早朝のジョギングをしていた老人が、殺人現場近くの溝《みぞ》で、光るものを見つけ、それを、交番に届けたんですよ。十津川さんは、それを、

何だと思いますか？」

と、三浦が、思わせぶりに、きく。

「何ですか？」

と、十津川は、きいた。

「金めっきをした万年筆です」

「それが、西本刑事と、関係があるんですか？」

「それが、東京のP大の卒業記念のものでしてね。西本刑事は、P大の卒業じゃなかったですか？」

「そうだったと思いますが」

「それに、ナンバーも、彫ってありましたよ。１２６です。電話で、P大に問い合せたところ、このナンバーは、西本刑事に贈られたものだと、わかったんです」

「なるほど」

「西本が、現場で、新谷みやこを殺したとき、胸ポケットにさしていたこの万年筆が、溝に落ちたと、こちらは、推理しています」

「だから、彼が犯人だという証拠になると？」

「そうです。ただ、現場にいただけでは、万年筆が、飛んで、溝に落ちるなどということは、考えられません。争ったから、落ちたんですよ」

と、三浦は、いった。

「誰かが、西本刑事を、罠に落とそうとして、彼の万年筆を、現場近くに落としておいたのかも知れません」

「誰がですか？」

「もちろん、新谷みやこを殺した真犯人ですよ」

と、十津川は、いった。

「具体的に、その人間の名前をいって頂かないと、全く、説得力がありませんねえ」

三浦は、馬鹿《ばか》にしたように、いった。

「今のところ、それだけですか？」

と、十津川は、きいた。

「これだけで、十分でしょう。西本刑事は、新谷みやこを憎んでいた。そして、彼女が殺された現場近くに、その夜、彼を運んだというタクシー運転手の証言がある。その上、今度は、現場近くの溝から、西本刑事の万年筆が、見つかったんです。これ以上、何が、必要ですか？」

三浦は、大声を出した。

電話を切ったあとも、三浦の大声が、十津川の耳から離れなかった。

「やはり、渡辺の仕業だよ。西本刑事の万年筆が、現場近くの溝から、見つかったと、いっている」

と、十津川は、亀井に、話した。

「敵は、執拗《しつよう》ですね」

亀井が、呆《あき》れたように、いう。

「そうだ。絶対に、西本刑事を、殺人犯に仕立てあげようとしている。そんな、執念みたいなものを感じるね」

と、十津川は、いった。

「誰かが、西本刑事を、憎んでいるんですよ」

と、亀井が、いった。

十津川は、黒板に、眼《め》をやった。そこには、今までに、浮んできた人間の名前が、書かれていた。

城南プロの小野木社長と、林マネージャー、写真家の久保と、二人の弟子、片桐と、渡辺。

この五人の中に、果して、西本刑事を、これほど、憎んでいる人間が、いるのだろうか？

城南プロの小野木と、林については、十津川が、すでに、西本刑事に、聞いている。その時の西本の返事は、城南プロにも、二人の男にも、記憶がないというものだった。

すると、残る三人の中に、いるのだろうか？

十津川は、もう一度、別府のホテルにいる日下を、呼び出した。

「明日、清水君と、西本刑事に、面会して来て欲しいんだよ」

と、十津川は、いった。

「会わせてくれるでしょうか？」

と、日下が、きいた。

「私からも、県警に電話して、頼んでおく」

「わかりました。それで、西本刑事に、何といいますか？」

「写真家の久保、それに、弟子の片桐と、渡辺、この三人に、記憶がないか、聞いてみるんだ。三人の顔写真は、ファックスで、そちらのホテルに送っておく」

と、十津川は、いった。

果して、西本が、この三人と、前に接触したことがあるかどうか。もし、あれば、それが、事件解決の手掛りになるのだが。

「頼むよ」

と、十津川は、念を押した。

第六章　記憶の糸

1

日下と、清水は、大分拘置所へ行き、西本への面会を求めた。

普通、拘置所に移されてしまうと、なかなか、面会が、許されない。それが、何とか、面会が、認められたのは、本庁の刑事ということもあったろうし、十津川や、本多一課長などからの働きかけの力もあったに違いない。

西本は、元気だったが、運動不足と、狭い場所に閉じ込められていたせいで、顔が、青白く、むくんで見えた。

「とにかく、用件だけいうよ。時間がないんでね」

と、日下は、いった。

「悪いニュースなのか？」

と、西本が、きいた。

「今のところ、どちらかわからない。新谷みやこが殺されていた海地獄近くの現場で、君の万年筆が発見された。P大の卒業記念の万年筆だそうだ」

と、日下は、いった。

「それは、嘘《うそ》だ。確かに、おれは、卒業記念に万年筆を貰ってるが、持ち歩かない。持ち歩くのは、ボールペンだ」

西本が、怒りをこめて、いう。

「わかってるさ。真犯人か、真犯人に頼まれた奴が、君の万年筆を現場に捨てておいたんだ。だが、そうだという証拠はない。これは、おれと、清水のミスだ。それで、肝心なことだが、今度の事件には、城南プロダクションの他《ほか》に、久保という写真家と、その助手の渡辺、同じく片桐の三人が、関係している可能性が出て来たんだ。君は、城南プロの社長や、新谷みやこのマネージャーとは、前には会ったことがないといっていたね」

日下が、いった。

西本は、肯《うなず》いた。

「いくら考えても、あの二人に、前に会った記憶がないんだ。名前にも、顔にもだ」

「じゃあ、こっちを、よく見て欲しい。今いった久保という写真家と、その助手だ」

と、日下はいい、東京の十津川から、ファクシミリで送られてきた三人の顔写真を、西本に見せた。

西本は、睨《にら》みつけるように、三枚の顔写真を見つめている。

「この三人に、前科はあるのか？」

と、西本は、日下たちに、きいた。

「なぜだ？」

「おれは、刑事だ。もし、どこかで、関係しているとすれば、それは、何かの事件に、この三人が、引っかかっている場合だと、思うからだよ」

「今のところ、前科があるという知らせはないんだ。実は、君を罠《わな》にかけて、新谷みやこの売り出しに利用した件だがね。本当は、その久保が、標的だったんじゃないかと、十津川警部は考えている。ところが、相手は、君をどんどん追いつめている。標的を間違えたのにだ。ということは、こんな風に考えられるんじゃないか。城南プロは、標的を間違えたのに、間違えたことが、金になるとわかったからだとね。自分のところの新谷みやこを殺しても、金になるからだと」

「つまり、おれを殺人犯に仕立てると、金を出す人間がいるということか？」

「そうだ。その人間が、久保じゃないかと、警部は、見ている。そうなら、辻褄《つじつま》が合うんだよ。久保が、何かの理由で、君をひどく憎んでいたとする。だが、君は、警視庁捜査一課の刑事だ。うかつには、手を出せない。それで、じっと、我慢していた。そんなところへ、今度の事件を知った。君に復讐《ふくしゅう》する絶好のチャンスだ。そこで、城南プロに、大金を払って、君を殺人犯に仕立てあげて、叩《たた》きのめすことにした」

日下は、わざと、ゆっくりと、いった。

西本は、黙って聞いていたが、改めて、久保の写真を見つめた。

「その写真にも、久保という名前にも、記憶がないかね？　助手の二人にでもいいんだが」

と、清水が、いった。

日下も、清水も、祈るような気持になっていた。西本が、過去に関係している人間ならば、事件の解決に一歩、近づけるからだった。

西本は、助手二人の写真は、脇《わき》にどけてしまい、久保の顔写真を、じっと見ていたが、

「名前が違う人間なら、この顔に、覚えがある」

と、いった。

日下と、清水は、ほっとしながら、

「久保ではない名前なんだね？」

「そうだ。確か、藤井という名前だった。藤井徹《とおる》か、藤井敏《さとし》だった」

と、西本は、いう。

「どういう状況で、会ったんだ？」

と、清水が、きいた。

「今年の二月末に、池袋で起きた殺人事件があったろう？　S組の組員が、喫茶店主たち三人を殺した事件だ」

と、西本が、いった。

「ああ、覚えてるよ。犯人が、他にも、殺すんじゃないかということで、必死の張り込みをしたんだ」

と、日下も、思い出して、いった。

「久保も、あの事件に、関係しているのか？」

と、清水が、勢い込んで、きいた。

「いや、直接、関係はしていない」

「じゃあ、どんな関係があるんだ？」

「あの時、おれたちは、犯人が潜んでいそうなホテルやマンションを片っ端から調べていった。池袋周辺に潜んで、次の標的を狙《ねら》っているという噂《うわさ》があったからね。池袋西口のマンションの部屋に、犯人の仲間が、住んでいて、そこに隠れているんじゃないかというので、おれは、様子を見に行った。もし、隠れていれば、連絡するつもりで、トランシーバーを持ってだよ。確か、西口スカイマンションの五〇二号室だった」

西本は、思い出しながら、ゆっくり話す。正確に、話さなければならないという意識があるからだろう。

日下と、清水は、黙って、聞いている。

「行ってみると、確かに、怪しげな空気だった。管理人に聞くと、暴力団員風の男がいたり、水商売の女らしいのが出入りしているということだった。それで、おれは、いきなり、踏み込んでみたんだ。本当は、令状が必要なのかも知れないが、気が立っていたんだな」

「それで？」

「２ＤＫの部屋だったよ。男一人と、女が二人いた。ヒーターをがんがんつけて、三人とも、裸同然だった。三人とも、クスリをやってたよ。おれが、警察手帳を見せたら、男は、泣き出して、見逃してくれと、わめくんだ。名前は、藤井といっていた。裸で、おれに向って、土下座したよ。間違いなく、この男だった。おれは、刑事だ。土下座して、見逃してくれといわれても、そうですかというわけにはいかない。おれは、その部屋にあった電話を使って、連絡しようとした。その時、トランシーバーに、殺人犯が、現われたという知らせが、飛び込んだんだ。それも、マンションの近くでだよ。おれは、思わず、飛び出して行った」

「確か、犯人は、西口で、逮捕されたんだった」

「ああ。とにかく、三人の男女を殺した犯人だったからね。それを逮捕したんで、興奮して、マンションのことをすっかり忘れてしまった。あとで、気がついて、引き返したんだが、男も女も、逃げてしまっていたよ」

「君は、相手に警察手帳を見せたのか？」

「ああ、もちろん」

「それなら、相手に、君の名前は、わかった筈《はず》だね」

「と、思うね」

と、西本は、いった。

「その後、会ってないのか？」

と、日下が、きいた。

「会っていないし、忘れていた」

「もう一度、確認するが、久保に間違いないのか？」

「ああ、こいつだよ。クスリを使って、乱痴気さわぎをしていたのは、間違いないんだ」

「クスリは、覚醒剤《かくせい》か？」

「いや、コカインだったと思う」

と、西本は、いった。

2

日下たちからの報告は、十津川を喜ばせた。

とにかく、久保と、西本刑事とが、結びついたからである。

「コカインと、女ですか」

と、亀井が、呟《つぶや》いた。

「女はともかく、コカインの方は、公《おおやけ》になれば、命取りだね。いくら芸術家でも、許されないからね」

十津川がいうと、北条早苗刑事が、

「でも、形の上では、西本刑事は、見逃したわけでしょう？　おかげで、久保は、助かったわけですわ。それなのに、なぜ、西本刑事を、恨んで、殺人犯に仕立てようと、画策したんでしょうか？」

と、疑問を、出した。

「恨むというのとは、別の気持だと思うよ」

と、十津川は、いった。

早苗は、なおさら、当惑の表情になって、

「それなら、なぜ、西本刑事に対して、あんなことを――？」

「久保は、西本刑事に対して、二つの感情を持っていた筈だよ」

「二つといいますと？」

「久保は、傲慢《ごうまん》で、わがままな写真家として、知られている。誇り高い男というわけさ。その男が、裸同然の恰好《かっこう》で、女二人と、乱痴気さわぎをしているところへ踏み込まれて、土下座して、見逃してくれと、頼んだ。その屈辱感は、大変なものだったと思うよ。これが一つだ」

と、十津川は、いった。

「もう一つは、何でしょうか？」

「不安だよ。西本刑事が、いつ、自分のことを、問題にするかわからない。偽名を使ったが、有名な写真家だ。西本刑事が、気付くかも知れない。コカインをやっていたといわれても、証拠はないと主張できるが、調べられれば、何か、出てしまうかも知れない。その不安だよ」

と、十津川は、いった。

「屈辱感と、不安ですか」

「久保は、いつか、屈辱感を晴らし、不安を消したいと、思っていたと思うね。しかし、下手に動いたら、藪蛇《やぶへび》になってしまう。そんな時、例の事件が起きた。問題の西本刑事が、AV女優の新谷みやこをレイプしたとして、告訴された」

「チャンスだと、久保は、思ったわけですか？」

と、早苗が、きく。

「多分ね。しかも、それは、本来、久保を罠にかけるものだった。久保は、すぐ、それに気がついたと思うよ」

と、十津川は、いった。

亀井が、口を挟《はさ》んで、

「久保は、城南プロの連中を、脅《おど》すことも、出来たわけですね。あれは、本当は、おれが狙いだったんだろう。それを、警察に知らせてやろうかといってです」

「その通りだよ、カメさん。恐らく、久保は、そういって、城南プロの社長たちを脅し、一方、大金を積んで、西本刑事を、殺人犯に仕立ててあげてくれと、頼んだんだと思うね」

「殺人犯にできれば、久保の屈辱感は、晴らせるし、西本刑事が、二月末のことを思い出しても、殺人犯の証言なんか、誰も信用しなくなる。久保が、そう考えたということですか？」

と、亀井が、きいた。

「そうだ」

「問題は、証拠ですね」

と、亀井が、いった。

「そうだよ。証拠がなければ、西本刑事は助けられない」

十津川は、重い口調になって、いった。

「城南プロの小野木社長と、林マネージャーを呼びつけて、白状させたらいいんじゃありませんか？　久保に頼まれたことを、自供したら、西本刑事を助けられますわ」

と、早苗が、いった。

「もちろん、二人の訊問《じんもん》はやる。だが、自供はしないと思うね。西本刑事を、レイプ犯人に仕立てただけなら、それほどの罪にはならないが、新谷みやこを殺し、タクシー運転手を殺しているんだ。あっさり白状する筈がないし、白状したとしても、それを、裏付けしなければならないんだよ」

と、十津川は、いった。

十津川は、まず、小野木と、林の二人を、呼びつけた。

二人は、不機嫌《ふきげん》な顔で、十津川を見、亀井を見た。

「いいかげんにしてくれませんかねえ。うちは、被害者なのに、なぜ、調べられなければならんのですか？」

と、小野木が、文句を、いった。

「いくら、儲《もう》けたんだ？」

と、十津川は、いきなり、きいた。

「儲けた？　何をいってるんですか。うちは、前途有望な新人タレントを、殺されたんですよ。大損じゃありませんか」

林マネージャーが、大声を出した。

「写真家の久保を、知ってるね？」

「知っていますよ。それは、前にも、いった筈ですがねえ」

「彼から、いくら貰《もら》ったんだ？」

と、亀井が、脇から、きいた。

「何をいってるのか、わかりませんね」

と、小野木が、肩をすくめた。

「わかってる筈だよ。久保に頼まれて、一芝居打ったんだろう？　新谷みやこを殺したんだろう？」

「冗談じゃありませんよ。何をいってるんですか？」

林が、口をとがらせた。

「冗談なんかでいってるんじゃない！」

と、十津川は、珍しく、大声を出してから、

「正直にいわないと、あなた方は、殺人の共犯になる。いや、殺人の主犯だ。それでもいいんですか？」

「何の証拠もなく、脅すんですか？　警察の横暴だ。告訴しますよ」

と、小野木が、いい、林が、

「社長、帰りましょう」

と、腰をあげた。

「久保と心中するつもりですか？」

と、十津川は、いった。

「何のことか、わかりませんね」

と、小野木は、小さく、肩をすくめただけだった。

3

十津川は、わざと、西本と久保の関係は、口にしなかった。

しばらくは、久保を油断させておきたかったのだ。

十津川は、日下たちに、すぐ、帰京するように指示しておいてから、亀井と二人で、池袋に出かけた。

西本のいっていたマンションを見てみたかったのだ。

西口スカイマンションは、実在した。そのことに、まず、ほっとした。もし、そのマンションが無かったら、動きがとれなくなってしまうからだった。

七階建の中古マンションである。

問題の五〇二号室には、「仲西ゆか」という女名前の小さな名刺が、貼《は》りつけてあった。

インターホンを鳴らすと、三十二、三歳の女が、顔を出した。

十津川が、警察手帳を示すと、女は、眉《まゆ》をひそめて、

「何も悪いことはしてないけど」

「前に、この部屋にいた人のことを、調べているんですよ」

と、十津川は、おだやかに、いった。

「晴美ちゃんのこと？」

「知っているんですか？」

「ええ。同じクラブで働いてたから、知ってるわ」

女は、あっさり、いった。

「彼女は、今年の二月末に、ここに、住んでいましたか？」

「ええ。去年からね。引っ越したのは、今年の三月かな」

と、仲西ゆかは、いう。

「彼女は、今、何処《どこ》にいるか、知りませんか？」

「さあ。店をやめて、引っ越しちゃった人だから」

「どんな女だったね？」

と、亀井が、きいた。

「まあ、美人だったわね。何とかの準ミスになった人だから」

「この部屋で、クスリをやっていたということは、なかったんだろうか？」

と、十津川が、きくと、相手は、声を荒らげて、

「冗談じゃないわ。クスリなんか、やってないわよ」

「いや、あんたのことじゃない。晴美という女性がですよ」

「彼女ねえ」

と、相手は、急に、声を落して、

「やってたかも知れないわねえ。やばい人たちとも、つき合ってたから」

「久保という写真家とも、つき合っていたんじゃないのかね？」

と、亀井が、きいた。

「あの有名な？」

「ああ」

「わからないな。パトロンがいたみたいだったけど、それが、その人なのかしら？」

「君たちのクラブというのは？」

「池袋北口にあるクイーンズという店よ」

と、相手は、いった。

夜になってから、十津川と、亀井は、その店へ行ってみた。

ママに会った。

「あたしも、晴美ちゃんが、今、何処にいるのか、知らないんですよ」

と、四十代のママは、いった。

「彼女の写真が、ありませんか」

と、十津川がいうと、ママは、去年の夏、ホステスたちと一緒に、グアムに行ったときのアルバムを、奥から持って来てくれた。

その中に、晴美というホステスが、水着で写っていた。

準ミスだったというだけに、スタイルのいい女である。年齢は、二十六歳だという。

「彼女に、パトロンがいませんでしたか？」

と、十津川は、きいた。

「そりゃあ、いたんじゃないかしら」

と、ママが、笑う。

「その男の名前は、わかりませんか？」

「いちいち、そういうことは、聞きませんからねえ」

「何とか、調べる方法がありませんか？」

と、十津川が、いうと、ママは、マネージャーや、ホステスたちに、聞いてくれた。

写真家の久保の名前が出てくればいいと、思ったのだが、出てきたのは、宝石商の山下という男の名前だった。

晴美と親しかったという、千代子というホステスの証言だった。他にも、宝石商が、パトロンだったといったホステスがいたから、それは、本当なのだろう。

池袋西口のマンションも、その宝石商が、借りていたに違いないと、千代子は、いった。

千代子も、晴美が、今、何処にいるかわからないと、いった。

十津川と、亀井は、山下という宝石商に会うことにした。

池袋駅前のビルの中にある宝石店だった。五〇％オフの看板が出ていた。

そこの社長が、山下で、会ってみると、七十歳の小柄《こがら》な老人だった。

「あの女には、手を焼きましたよ」

と、山下は、十津川たちに向って、笑って見せた。

「どういうことですか?」

と、亀井が、きいた。

「どういうって、美人だし、一見、素直そうに見えたんで、貢《みつ》ぎましたがね。宝石はやったし、マンションも、借りてやった。ところが、あの女は、そのマンションに、他の男を引き入れるし、私のやった宝石は、売り飛ばす。ひどいもんでしたよ」

「どんな男を引き入れていたか、わかりますか?」

十津川は、あまり期待しないで、きいたのだが、山下は、

「わかりますよ」

と、あっさり、いった。

「本当に、わかるんですか?」

「ええ。若宮伍郎《ごろう》なんかが、有名ですね」

「ワカミヤ? どういう男ですか?」

「知りませんか?」

「ええ」

「いわゆる青年実業家ですよ。派手好きで、自分のまわりに、タレントや芸術家を集めて、喜ぶような人間です。金をばらまいて、喜んでいたんです」

と、山下は、いった。

「芸術家の中には、写真家も入りますか？」

と、亀井が、きいた。

「もちろん、入りますよ。若宮は、自分の女のヌード写真を、有名な写真家に撮らせて、それを、写真集として、売ったことがありますからね。その時には、千万単位の金を、その有名写真家に払ったと、聞きましたね」

「その写真家の名前は、久保じゃありませんか？」

「さあ、覚えていませんがねえ」

と、山下は、いった。

「あなたが、彼女に借りてやった西口のマンションですが、そこで、若宮が、妙なパーティをやっていたというようなことは、なかったですか？」

「妙なパーティ？」

「大麻パーティとか、乱痴気パーティとかですが」

「やっていたと思いますよ。それらしい噂も、ずいぶん、聞いていましたからね。警察に捕ったこともあるらしいですよ」

と、山下は、いった。

十津川と、亀井は、山下から若宮伍郎の住所を聞いて、訪ねて、話を聞くことにした。

若宮の会社は、赤坂にあった。

やたらに派手な造りのビルに、「若宮エンタープライズ」の看板が出ていて、一見、何の商売かわからなかった。

なぜか、ハイレグの若い女が受付にいて、十津川たちを、五階の社長室に、案内してくれた。

豪華なペルシャじゅうたんを敷きつめ、名画を飾った社長室で、四十五、六歳の若宮は、オーバーなジェスチュアで、二人を迎えた。

「警察の方が、この部屋に入られるのは、初めてですよ」

と、若宮は、いった。

十津川は、すすめられるままに、虎《とら》の皮を敷いたソファに腰を下した。

「晴美という女性を、ご存知ですね？」

と、十津川がきくと、若宮は、「ハルミ？」と、呟いてから、

「ボクは、女性の知り合いが、多いから」

「クラブのホステスで、パトロンの宝石商は、彼女とあなたが、親しくしていたと、いっています。池袋西口のマンションに住んでいた女性で、あなたも、そのマンションに、行かれたことがあるんじゃないかと、思うんですよ」

「池袋西口のマンションねえ」

と、若宮は、いってから、

「そういえば、晴美という女性と、つき合いがあったかも知れませんねえ。ボクは、来る者は、拒まずという主義だから」

「久保という写真家を、知っていますか？」

「ええ。知っていますよ。有名な方だから。ボクは、芸術家を、尊敬しているんです」

「問題のマンションで、久保さんや女性などを集めて、パーティを、やったことは、ありませんか？」

と、十津川は、きいた。

「ボクは、パーティ好きだから、あるかも知れないなあ。多分、その女性に頼まれたんだと思いますよ。自分のマンションで、楽しいパーティをやりたいといわれて、それを、セッティングしてやったことが、いくつもありますからね」

と、若宮は、いった。

「大麻パーティとかですか？」

亀井がきくと、若宮は、小さく手を振って、

「そういう法律に触れることは、やりませんよ」

「しかし、一度、捕ったことがあるんじゃありませんか？」

「あれは、ボクの友だちが、勝手に、大麻を持ち込んだんですよ。いい迷惑でした」

と、若宮は、いった。

「久保さんが、最近、コカインパーティをやったという話を聞いたんですがね」

と、十津川がいうと、若宮は、肩をすくめて、

「芸術家というのはねえ。時々、そういうことをするんで、困るんですよね。コカインですか」

「その時、一緒に、若い女が二人いて、裸同然の恰好をしていたというんですが、久保さんと、そういうパーティをしそうな女性を、知りませんか？」

「そういわれてもねえ」

「協力して頂けないと、まず、あなたのことから、徹底的に調べることになりますが

ね」

と、十津川は、いった。

若宮は、眼《め》をとがらせて、

「ボクを、脅迫するんですか？」

「いや、問題の女性を、洗い出すために、まず、あなたから調べていかなければならないと、思うだけのことですよ」

十津川は、冷静な口調で、いった。

若宮は、口の中で、ぶつぶついっていたが、計算したらしく、

「多分、ＡＶ女優だと思いますね」

と、協力的な、いい方をした。

「名前を教えて下さい」

「久保さんと親しいというと、Ｒプロの女優だと思いますね。そこの誰かですよ」

と、若宮は、いった。

十津川と、亀井が、立ち上ると、

「久保さんには、ボクが教えたことは、いわないで下さいよ。あの人は、怖いから」

「どう怖いんです？」

と、亀井が、きいた。

「執念深いんですよ。あるタレントが、五、六年前に、久保さんの悪口をいったのを、ずっと覚えていて、何かのパーティの時、いきなり、殴りつけたといいますからね」

と、若宮は、いった。

十津川と、亀井は、若宮に教えられた新宿のRプロを訪ねた。

マンションの一室が、事務所になっているプロダクションだった。

中に入ると、AVのポスターが、壁に貼ってある。

十津川と、亀井は、社長に会った。女性の社長だった。

「写真家の久保さんと親しくしている女優さんが、いますすね。個人的に親しくしている人ですが」

と、十津川は、いった。

「久保先生とですか?」

と、社長が、いうと、近くにいたマネージャーの男が、

「前畑ゆう子じゃありませんか。彼女、久保先生と友だちって、いばっていましたから」

と、いった。

「その女優さんは？」

「呼びましょう」

と、女社長は、いい、電話をかけてくれた。

近くのマンションに住んでいたのか、十五、六分して、背の高い、二十五、六の女が、顔を出した。

ちょっと、きつい感じの顔立ちで、サングラスが、似合っている。

女社長が、十津川たちを紹介すると、ゆう子は、刑事と聞いて、眉を寄せた。

「何のご用ですか？」

と、構えた調子で、二人の刑事を見た。

「久保さんと、親しいそうですね？」

と、十津川は、きいた。

「ええ、まあ」

と、ゆう子は、あいまいな表情になった。

「池袋西口のマンションで、久保さんと、パーティをやったことがありませんか？」

亀井がきくと、とたんに、彼女の顔色が変った。

（やったんだな）

と、十津川は、思った。

ゆう子は、黙っている。十津川は、彼女を安心させるように、

「あなたを、咎《とが》める気は、全くありませんから、安心して下さい。昔のパーティのことですから、逮捕しませんよ。だから、安心して、本当のことを、話して、欲しいんです。今年の二月末、池袋西口のマンションで、久保さんと、パーティをやりましたね？」

「本当に、捕らないの？」

と、ゆう子が、きく。

「逮捕する気は、全くありませんよ」

と、十津川は、いった。

ゆう子は、それでも、しばらく、ためらっていたが、十津川たちが、黙っていると、その沈黙に、耐えられなくなったように、

「あの時、面白いパーティをやるから、来いって、久保先生に、いわれたの。場所は、池袋西口のマンションだったわ」

「どんなパーティだったのかね？」

と、十津川は、きいた。

「いつもの乱痴気パーティみたいだった。久保先生の他に、新人の男の俳優と、中堅の歌手がいたわ。女は、あたしの他に、ホステスと、コンパニオンの三人。三対三だったわ。みんな酔っ払っちゃったんだけど、そのうちに、用があるって、帰った人がいて、久保先生と、女二人の三人だけになったのよ。その時には、先生も、あたしたちも、裸同然だったわ」

「久保は、コカインを、持って来てたんじゃないのか？」

と、亀井が、きいた。

「コカインだか何だか知らないけど、久保先生が、新しいクスリがあるっていったわ。そのクスリをやって、いい気分になってたら、突然、男が、飛び込んで来たのよ」

「それが、西本という刑事だよ」

と、十津川が、いった。

「名前は覚えてないけど、確かに、警察手帳を見せたわね。大声で、何かいったけど、それも、覚えてないわ」

「久保は、その時、どうしたんだ？」

と、亀井が、きく。

ゆう子は、すぐには答えず、煙草《たばこ》を取り出してくわえた。その間に、どう返事したものか、考えている様子だった。

そのまま、煙草には火をつけず、灰皿に捨てて、

「そうね。久保先生は、すいません、すいませんって、謝ってたわ。カエルみたいに、這《は》いつくばってね。あたしは、ぼんやり見てた。クスリで、身体《からだ》のいうことが、利《き》かなくなってたんだもの」

「久保は、その時、刑事に、本名をいわなかったんじゃないのか？」

「当り前よ。本名なんかいうもんですか。何とかして、いい逃がれて、捕らずにすませようとしてたんだから」

「それから、どうなったんだ？」

と、亀井が、女を睨むようにして、きいた。

「もう、捕るんだなって、思ったわ。だって、クスリが、落っこってるし、先生は、すいません、ごめんなさいって、謝っちゃってるんだもの。そしたら、突然、刑事が、部屋を飛び出して行っちゃったのよ。あれって、思ったわ。ああ、助かったなって、思ったわ」

と、ゆう子は、いった。

「そのあと、どうしたのかね？」

「あたしは、あわてて、ドアのカギをかけたわ。久保先生は、やたらに、畜生、畜生って、わめいてたわね」

「なぜ、久保は、わめいてたんだ？」

「決ってるわ。あの先生は、いつも、いばってたんだもの。その先生が、刑事に向って、ペコペコ頭を下げたんだから、癪《しゃく》にさわってたんだと思うわ。あの先生にしたら、大変な屈辱だったんじゃないの。だから、こん畜生ッとか、今度会ったら、タダじゃおかないとか、やたらに、わめいてたのよ」

と、ゆう子は、いった。

「その後、久保と、会ったかね？」

「ええ。何回も、会ってるわ」

「その時、どんなことを話したんだ？　マンションの一件を、話したことがあるかね？」

と、亀井が、きいた。

ゆう子は、小さく笑って、

「その話をしたら、大変よ」

「と、いうと、彼が、怒るのか？」

「怒るなんてもんじゃないわよ。あの時、一緒にいた女の子がね。先生に会ったとき、先生が、ペコペコして、面白かったって、いったのよ。そしたら、先生が、真っ赤な顔になって、いきなり、彼女の髪の毛をつかんで、引きずり廻《まわ》したわ。その上、倒れたところを、蹴飛《けと》ばしたのよ。見てたあたしの方が、青くなっちゃった。だから、久保先生に、あの時の話なんか、出来るもんですか」

「久保は、今でも、コカインをやってるんだろうか？　コカインでなくても、大麻とか、覚醒剤を、使ってないかね？」

と、十津川は、きいた。

ゆう子は、急に用心深い眼つきになった。

「さあ、知らないわね。少くとも、あたしは見たことはないわ」

「乱痴気パーティは、やるんだろう？」

と、亀井が、きいた。

「久保先生が？」

「そうだ」

「あたしは、あれから、二回だけ、出たわ」

「どんなパーティだったんだ？」

「いわば、セックスパーティ。乱交だとか、SMとかね。でも、これ、警察に捕ることじゃないんでしょう?」

「クスリは、やらなかったのか?」

「やってないわよ」

ゆう子は、怒ったような声で、いった。

4

Rプロを出て、パトカーに戻った時、十津川の顔には、ほっとした安堵《あんど》の色が、浮んでいた。

西本の話が、本当だったことが、わかったからである。

「すぐ、このことを、大分県警に、知らせましょう。向うも、考え直してくれると思います」

と、亀井は、顔を輝やかせて、いった。

二人は、警視庁に戻ると、上司の本多一課長に、報告した。

本多は、笑顔になって、

「なるほど。それで、久保は、西本刑事を、殺人犯に仕立てるように、城南プロに、頼んだということか」

「その通りです」

「屈辱感を晴らすためと、西本刑事の口封じにねえ」

「大分県警に、話して頂けませんか」

と、十津川は、いった。

「三上刑事部長にいって、部長から、大分県警に話して、説得して貰おう」

「お願いします」

と、十津川は、いった。

三上刑事部長が、大分県警に対して、どんな風に、話してくれたのかわからない。

だが、二時間ほどして、本多一課長に呼ばれて行くと、本多は、難しい顔をしていた。その顔を見て、十津川は、嫌《いや》な予感がした。

「うまくいかなかったんですか？」

と、十津川は、先にきいた。

本多は、肯いた。

「部長の話では、向うの反応は、まことに儀礼的なもので、久保についても、城南プロの話のことも、一応、お聞きしておくという態度だったといっている」

「久保が、西本刑事に対して、強い憎しみを持っていることや、城南プロが、罠にかけるつもりだった人間が、西本刑事ではなく、久保だったことは、わかってくれたんでしょうか？」

と、十津川は、きいた。

「私が、直接、県警に電話したわけじゃないから、相手の反応は、わからないが、部長の話では、刑事という職業は、憎まれやすい。久保という写真家が、西本刑事を、憎んでいるのが、本当だとしても、ただそれだけで、彼が真犯人だというのは、飛躍があり過ぎると、大分県警は、いったらしい。丁寧だが、冷たくね」

「向うは、全く、考慮しないというわけですか？」

「そうらしいよ」

「私が、県警に電話しても、構いませんか？」

と、十津川は、きいた。

「それは、構わないが、部長が、話し合ってるんだ。それを忘れずにね」

「わかっています」

「それに、喧嘩《けんか》はしなさんなよ」

と、本多は、釘《くぎ》を刺した。

十津川は、大分県警別府署の三浦警部に、電話をかけた。

三浦は、十津川が電話することを、予想していたらしく、

「十津川さんが、かけてくると、思っていましたよ」

と、いった。

「それなら、私が、なぜ電話したか、おわかりだと思いますが」

十津川は、若い、自信満々な三浦の顔を思い浮べながら、いった。

「わかっています。今、本部長から、話を聞きましたからね」

「写真家の久保が、どういう理由で、西本刑事を恨んでいたか、それは、おわかりになったと思います。彼は、女二人と、乱痴気パーティをやり、その時、コカインをやっているのを、西本に、見られているんです。そして、助かろうと、平身低頭した。裸同然の恰好でですよ。日頃、傲慢な久保にとって、それが、どんなに屈辱的なことだったか、想像できるんです。女二人が見ているところでですからね。それに、いつ、そのことが、西本刑事によって、公になるかという恐怖心もあった。今はたとえ、芸術家であっても、クスリを使っているとわかれば、それが、命取りになりますからね。久保は、西本刑事を憎み、証言できない場所に追い込んでしまおうと、思っていたわ

けですよ。そして、たまたま、城南プロが、いばりくさっている久保を罠にかけて、痛めつけてやろうとした計画に、西本刑事が、引っかかってしまったんです。久保は、それを知って、チャンスとばかり、城南プロに、大金を渡して、西本刑事を、殺人犯に仕立てあげてくれと、頼んだんですよ」

十津川は、いっきに、喋《しゃべ》った。

三浦は、電話の向うで、黙って、聞いていたが、

「いくらですか？」

「いくら？」

「久保が、城南プロに、払った金額です」

「それは、まだ、わかりません」

「それでは、信憑《しんぴょう》性がありませんねえ。その久保が、城南プロに金を渡して、西本刑事を殺人犯に仕立ててくれと、頼んだと、自供しているんですか？」

「それは、ありません」

「金額もわからないし、自供も、とれていないのに、信じろというのは、少し、無理じゃありませんか。こちらには、西本刑事が、新谷みやこを殺したという具体的な証拠もあり、動機も、はっきりしています。それをくつがえすには、いかにも弱いです

ねえ」

三浦は、馬鹿《ばか》にしたようないい方をした。

「しかし、これは、全《すべ》て、事実ですよ。久保が、城南プロと組んで、西本刑事を殺人犯に仕立てあげたことは、間違いないのです。これは、私の刑事生命を賭《か》けてもいいですよ」

と、十津川は、いった。

しかし、三浦は、相変らず、

「駄目《だめ》ですねえ」

「私の言葉が、信用できないというのですか？」

「十津川さんらしくもない言葉じゃありませんか。まさか、十津川さんは、そんな甘い態度で、事件の捜査に当っていらっしゃるんじゃないんでしょう？」

「どういう意味ですか？」

「現在の捜査は、証拠主義でしょう。証拠がなければ、たとえ、いくら疑わしい人物でも、逮捕はできないんです」

と、三浦は、いった。

「そのくらいのことは、心得ていますよ」

「それなら、今日の申し入れが、いかに、無理なものか、十津川さん自身、よくおわかりの筈ですよ。久保という写真家が、城南プロに大金を渡して、西本刑事を、殺人犯に仕立てあげた。面白いストーリイですが、全て、十津川さんの推理であって、何の証拠もないわけでしょう？　違いますか？　それを、信用して、西本刑事を釈放しろといわれても、こちらとしては、困惑するばかりですよ」

「私は、久保のことだけを、いっているのでは、ありませんよ」

と、十津川は、いった。

「他に、何がありますか？」

「国東《くにさき》半島で、タクシーの運転手が、殺されていますよ。あの運転手は、明らかに、今度の事件に関係して、殺されたんです。しかも、彼が殺された時、西本刑事は、そちらに、留置されていた。つまり、他に、真犯人がいることの何よりの証拠じゃありませんか。その犯人は、写真家の久保であり、城南プロの二人であり、久保の助手も、参加していると、思っているのです」

十津川は、力を籠《こ》めて、いった。

三浦は、電話の向うで、小さく、咳《せき》払いをしてから、

「十津川さん。タクシー運転手が殺された事件が、今度の事件とつながっているとい

う証拠は、どこにもないんですよ。そちらの強い要望があったので、県警としても、この運転手のことを調べました。しかし、何も出て来ていないのです。それは、十津川さんだって、おわかりの筈ですがね」

「すると、もう一度、西本刑事の事件について、調べ直すことは、しないということですか？」

と、十津川は、きいた。

「確かな証拠が見つかれば、別ですが、今の段階では、動く必要は、認めませんね」

と、三浦は、いう。

「写真家の久保が、真犯人ですよ。それと、城南プロの小野木社長と、林マネージャーです。これは、間違いない。私たちが、調べて、結論を出したことです。信用して欲しい」

十津川は、繰り返した。

「西本刑事を助けたいというお気持は、よくわかりますよ。私の部下が、殺人容疑で逮捕されたら、同じように、必死になって、助けようとすると思いますよ。そして、無理矢理にでも、他に、犯人を見つけようとするでしょう。しかし、それは、本当の捜査じゃない。本当の捜査は、証拠を見つけることです。ただの感傷じゃ、助けられないのですよ」

と、三浦は、まるで、子供でもさとすようないい方をした。

十津川は、次第に、むかついてきた。三浦も、大分県警も、西本犯人説を、引き下げる気は、全くないのだ。

十津川は、諦《あきら》めて、電話を切った。

5

十津川は、刑事たちを集めて、会議を開き、そこで、大分県警の対応を、話した。

当然、刑事たちは、怒りを見せて、大分県警の対応を、非難した。

十津川は、それを制して、

「私も、腹が立ったよ。苦労して、真犯人と思われる人間を見つけ出したのに、大分県警が、全く考慮しようとしないからだ。しかしねえ。冷静に考えてみようじゃないか。大分県警は、威信にかけて、西本刑事を逮捕した。現職の刑事を殺人容疑で逮捕するんだから、相当な覚悟があったと思う。それを、説得して、逆転させるんだから、強力な反証が、必要なんだよ」

「あれでは、足りないというわけですか？」

日下刑事が、眼を吊りあげた。

「私としては、あれで、十分だと思っているよ。君たちも、そうだと思う。しかし、私たちは、西本刑事のサイドに立って、考えているんだ。大分県警は、十分ではないと考えた。これは、彼らの考えだから、無理矢理、こちらに、同意させることは出来ないよ」

と、十津川は、いった。

「では、どうすれば、大分県警は、十分だと考えるんですかね？」

亀井が、きいた。

「県警の三浦警部は、証拠が欲しいと、いっている」

「何の証拠ですか？」

「もちろん、久保たちが、真犯人だという証拠だよ」

と、十津川は、いった。

清水刑事が、腹立たしげに、

「そんなものが見つかっていれば、とっくに、連中を逮捕していますよ」

「だが、証拠は、必要だ」

と、十津川は、いった。

「畜生！」

と、日下が、叫んだ。

十津川は、語気を強めて、

「大分県警が、証拠がなければ、西本刑事は釈放できないというのなら、証拠を、見つけ出してやろうじゃないか。西本刑事を助けたいんだろう？　それなら、もう一度、捜査をしなおすんだ」

「やりましょう」

と、亀井が、応じた。

「久保と、乱痴気パーティをやったAV女優を、連れて来ましょう。彼女、まだ何か知っているかも知れませんわ」

と、北条早苗が、いった。

十津川は、少し考えてから、

「彼女より、あのマンションを借りていた晴美という女を、見つけ出したい。行方不明になっていることが、引っかかるんだよ。彼女と、久保の間に、何かあるような気がするんだ。その何かを知りたい。北条君と、日下刑事で、彼女のことを調べ、行方を追ってみてくれないか」

と、いった。

二人が、出て行ったあと、十津川は、亀井と清水には、久保が、いまでも、コカインをやっているかどうか、調べて貰いたいと、いった。

もし、コカインをやっているとしたら、その線から、彼を、追い込めるのではないかと、考えたからである。

亀井たちも、出て行った。

十津川は、ひとりになると、煙草をくわえて、今度の事件を、振り返ってみることにした。

今度の事件は、城南プロの人間が、傲慢で、わがままな久保を痛めつけてやろうと、新谷みやこを使って、罠にかけることを、考えた。

多分、久保を、レイプ犯人に仕立てあげ、ゆする気だったのだろう。

だが、たまたま、西本刑事が、その罠に、飛び込んでしまった。

城南プロの二人は、失敗《しくじ》ったと思ったろうが、西本を使って、新谷みやこの売り込みが出来ると、方針を変えた。新谷みやこが、そういったのかも知れない。

そして、西本は、レイプ犯人にされてしまった。

写真家の久保は、本当は、自分が、はめられる罠だったと、気付いた。それだけなら、彼は、無視したろうが、罠にかけられたのが、西本刑事と知って、気が変った。屈辱感を晴らし、危険な西本の口封じも出来ると考え、城南プロの二人に、計画を持ち込んだ。西本を殺人犯に仕立てあげる計画だ。

（その証拠が欲しい）

と、十津川は、改めて、思った。

それが、果して、出来るだろうか？

第七章　別ルート

1

問題の晴美の顔写真が、黒板に、ピンで止めてある。

フルネームは、高木晴美である。

池袋のクラブ「クイーンズ」のホステスだったが、今は、行方不明になっている。

宝石商の山下が、パトロンになって、マンションを、借りてやっていたこともある。が、現在は、そのマンションにも、住んでいない。山下は、男関係が、派手で、手をやいていたと証言している。

「ひょっとすると、殺されているかも知れませんね」

と、亀井が、いった。

「理由は？」

と、十津川は、きいた。

「彼女は、派手好きで、男関係が賑《にぎ》やかな女だといわれています。もし、生きているのなら、例のマンションで、連日のように、乱痴気パーティを開いているんじゃありませんかね。自分で身を引いて、東京から出ていくような女とは、思えません。姿を消したというのは、何らかの力が、働いたと考えるべきじゃありませんか」

「犯人は？」

「パトロンの山下か、彼女の部屋を勝手に使っていた久保か、若宮か、或《ある》いは、ホステス仲間か、そこは、わかりませんが、どうしても、死んでしまっているような気がして、仕方がないんですよ」

と、亀井は、自分の考えを主張した。

「それでは、もう一度、晴美と関係のあった人間を、洗い直してみよう。死んでいるとなれば、彼等の間で、それらしい噂《うわさ》が流れている筈だ」

十津川は、刑事たちに、いった。

亀井たちが、聞き込みに、出かけて行った。

ひとりになった十津川は、期待と、不安の入り混った気持だった。晴美という女が、どこかで、西本刑事の釈放につながっていてくれという期待がある反面、全く関係がなければ、晴美の足取りを追う捜査は、ただの無駄骨に終ってしまう不安もある。

その日の中に、消えた晴美について、いろいろな噂を、刑事たちは、集めてきた。

晴美をロスアンゼルスで見たという噂。これには、黒人と一緒だったという話が、くっついている。

男の奪い合いで、ホステス仲間とケンカになった。そのホステスは、暴力団S組の男を知っていたので、S組に頼み、晴美をコンクリート詰めにして、東京湾に沈めてしまったという噂。

実は、晴美は妊娠していて、郷里の福島へ行き、出産に備えているという噂。

有名な整形外科医のところで、顔を変えてしまっているので、道で会っても、わからないという噂。

そうした噂を、十津川は、一つずつ、検証していった。

晴美は、パスポートを持っていないから、ロスアンゼルスの噂は、成立しない。

確かに、晴美と知り合いのホステスに、S組の幹部と知り合いの女はいた。だが、実際に、彼女が、S組の力を借りて、痛めつけたのは、晴美ではなく、ひろみという二十九歳のホステスで、負傷させたS組の組員も、頼んだホステスも、すでに、逮捕されていた。

妊娠云々《うんぬん》については、十津川は、福島県警に頼んで、調べて貰った。が、晴美は、郷里に帰っていないことが、わかった。

整形についても、目ぼしい整形医に当ってみたが、晴美が来たという形跡は、見つからなかった。

ここまでに集めた噂は、全て、噂でしかなかったことになる。十津川は、改めて、刑事たちに、聞き込みを、続行させた。

その結果、これは、信用できるかも知れないという噂が、出てきた。

宝石商の山下は、晴美が、いつの間にか、姿を消してしまったというが、本当は、山下の店の五千万相当の宝石、ダイヤの指輪と、ルビーのペンダントを持って、逃げたという噂だった。山下が、この件で、晴美を訴えられないのは、その宝石が、盗品だからだというのである。

十津川が、山下という宝石商を調べさせると、どうも、うさん臭さが、ついて廻《まわ》っていることが、わかった。

同業者の間で、あまり、信用されてないのである。売っている宝石は、時として、他の店より、二十パーセントから、五十パーセントも安いことがあるが、購入ルートが不明という宝石が多いともいわれているらしい。

山下が、パトロンになって、晴美に、マンションを借りてやり、小遣いを渡していたのも、山下が、晴美に惚《ほ》れていたからではなく、彼女に、弱みを握られて、脅迫されていたのが、真相だというのである。

そういえば、晴美のマンションを、久保たちが勝手に使っていて、それを、パトロンの山下が、黙って見ていたというのは、奇妙な話なのだ。

十津川は、もう一度、山下に会ってみることにした。

山下は、十津川を見ると、渋面《じゅうめん》を作って、

「私は、いわば、被害者ですよ。被害者の話を聞いても、仕方がないでしょうが」

と、いった。

「問題は、被害の種類です」

「種類なんか、簡単ですよ。私が、年甲斐《としがい》もなく、若い晴美に惚れて、貢《みつ》いだのに、彼女の方が、裏切った。それだけのことですよ」

山下は、吐き捨てるように、いった。

「本当は、彼女に脅迫されて、金を出していたんじゃありませんか？　もう一つ、彼女は、あなたから、五千万円相当の宝石を盗んで逃げたんじゃありませんか？　どうなんですか？」

　十津川が、きくと、山下は、青い顔になって、

「とんでもない。デマですよ」

「デマですか？」

「当り前でしょう。私が、ゆすられていたり、宝石を持ち逃げされたりしたのなら、ちゃんと、訴えていますよ。後暗いところは、ないんだから」

　山下は、口をとがらせた。十津川は、そのいい方に、苦笑した。後暗いところがないと、わざわざいうのは、語るに落ちたのではないかと、思ったからである。

「じゃあ、調べましょう」

と、十津川は、いった。

「何を調べるんですか？」

　山下は、不安気に、十津川を見、亀井を見た。

「あなたの店の宝石の購入ルートを、徹底的に、調べます」

　十津川は、きっぱりと、いった。

「なぜ、そんなことをするんですか？」

「彼女が、あなたをゆすっていたとすれば、売っている宝石のことでしょうから、調

べてみたいんですよ。とにかく、徹底的に調べて、本当は、どうか、明らかにするつもりです。何もなければ、安心して下さい。まず、手はじめに、現在、店にある全ての宝石の購入ルートを、表にして、提出して下さい」

山下が、あわてて、いった。

「ちょっと待って下さい」

「何ですか？」

「警察は、本当は、何を知りたいんですか？」

「事実ですよ。他に何も知りたくはありませんよ」

「わかりました」

「何が、わかったんですか？」

十津川は、わざと、聞いた。

「晴美には、ゆすられていましたよ。だから、小遣いを与え、マンションも、借りてやりました」

「五千万円相当の宝石を盗んで逃げたというのも、本当ですか？」

「本当は、一億円はする宝石ですよ。わけがあって、盗まれたことを、公《おおやけ》に出来ませんがね。あれだけ、金を出してやっていたのに、宝石まで、盗まれるとはね」

山下は、口惜《くや》しそうに、いった。

「晴美は、よく、あなたの弱みを見つけましたね。それに、盗まれた宝石のことも、なぜ、それを盗んでも、あなたが、訴えないと、わかっていたんですか？　彼女は、よく、あなたの店に、出入りしていたんですか？」

と、亀井が、きいた。

「この店には、ほとんど来ていませんよ。私だって、別に惚れてるわけじゃないから、ここに、呼んだりしていません」

「じゃあ、なぜ？」

「あいつですよ。あいつが、知慧《ちえ》をつけたんです」

「写真家の久保ですか？」

と、十津川が、きくと、山下は、びっくりした顔で、

「なぜ、知ってるんですか？」

「多分、久保ではないかと、思ったんです。あなたは、久保のことは、あまり知らないみたいにいっていましたね」

「本当は、よく、店に来ていたんです。有名な写真家だし、時々、宝石も買ってくれるので、信用してしまいましてね。一緒に、飲んだりした時に、宝石売買の裏話をし

たりしたんです。それを、しっかり聞いていて、自分と関係のあった晴美を使って、私を、脅迫させたんですよ。それも、今になって、気がついたんですがね」

「盗まれた宝石のことは、どうなんです？」

と、十津川は、きいた。

「久保が、いつものように、店にやって来て、今度は、少し大きな宝石が、欲しいというんですよ。まだ、あいつを信用していた時だから、いろいろと、見せましたよ。なかなか、値段の折合いがつかなかったんです。それで、問題のダイヤと、ルビーを見せました。どうして、こんなに安いのかと聞くから、実は、入手ルートが少し違うんだと教えました。その時は、久保を信用していたし、買ってくれると、思っていましたからね。彼は、手付金として、二十万円払ってくれましてね。明日、Wホテルに持って来てくれといわれたんですよ。ケースに入れて、次の日、持って行きましたよ。ホテルに着いて、ロビーで電話すると、すぐ行くから、ロビーで待っていてくれといわれました。来客でもあって、ロビーでというんだと思って、待ってましたよ。そしたら、なぜか、晴美が、若い男と、ロビーに現われたんです」

「なるほど」

「晴美が、私に、なれなれしく声をかけてきたら、一緒にいた若い男が、それに、ヤキモチを焼いたのか、絡《から》んで来ましてね。突然、殴られましたよ。それを、晴美が制止して、男をなだめて、帰って行ったんです。それから、しばらくして、久保が、降りて来ましたよ。ダイヤとルビーを見せてくれといい、私が、ケースを開けたら、入ってないんです」

「やられましたね」

と、十津川が、いった。

「ええ。晴美と、連れの男に、やられたんです。ケースをすりかえられたんです。あわてて、車を、晴美に借りてやったマンションに、飛ばしましたがもぬけのカラでした」

山下は、小さく溜息《ためいき》をついた。

「久保も、グルだね」

と、亀井が、いった。

「あとから、それが、わかりましたよ。宝石の入ったケースが、どんな形で、何色か、知っていたのは、久保ですからね。しかし、久保は、こっちが、何をいっても、知らぬ存ぜぬの一点張りです。私も、証拠はないし、ちょっと、出所が問題な宝石なんで、泣き寝入りするより仕方がなかったんですよ」

山下は口惜しそうに、いった。

「その後、晴美の消息は、全く、つかめませんか？」

と、十津川は、きいた。

「ええ。癪《しゃく》にさわるし、何しろ、高い宝石ですからね。私立探偵を使って、探したこともありましたが、見つかりませんでしたよ」

「彼女と一緒に、一芝居打った若い男のことは、何かわかりましたか？」

「いや、初めて見る顔でしたね。彼女のボーイフレンドの一人だとは思いますが」

「顔は、覚えているんですね？」

「忘れませんよ」

と、山下は、いう。

「あなたに見て貰《もら》いたい写真があるんですが、一緒に、来てくれませんか」

と、十津川は、いった。

山下が肯《うなず》き、十津川と亀井は、彼を、連れて行き、二枚の写真を見せた。

「このどちらかが、ホテルのロビーで、あなたに絡んだ男じゃありませんか？」

と、十津川は、きいた。

山下は、二枚の写真を見比べていたが、たちまち、

「こいつですよ！ この男だ！」

と、片方の写真を、指で、激しく、叩《たた》いた。

「やはり、そうですか」

十津川は、ニッコリした。

「こいつは、何者なんですか？」

山下は、嚙《か》みつくような顔で、きく。

「名前は、渡辺です。久保の助手の一人ですよ」

と、十津川は、いった。

「じゃあ、やっぱり、久保が、一枚嚙んでいたんだな」

山下が、舌打ちした。

「そのようですね」

「お願いします。あの宝石を取り返して下さい」

と、山下は、いった。

「努力はしますが、約束は、出来ませんね」

「なぜですか？ 久保が、この男と、晴美を使って、あの宝石をだまし取ったんですよ」

「状況証拠はあるが、決定的な証拠はありませんからね。久保と、渡辺が否定すれば、それで、終りです」

「そんな――」

「問題の宝石の写真がありますか？　あったら、貸して下さい」

と、十津川は、いった。

「内密に、取り返してくれますね？」

「出来るだけ、やってみますよ」

と、十津川は、いった。

山下が、帰って行ったあと、亀井が、苦笑しながら、

「久保という男は、いろいろ、やっているんですね」

「だから、城南プロの連中が、最初、久保を、罠《わな》にかけて、ゆすろうとしたんだと思うよ。いろいろなところに、敵を作っているんだ」

と、十津川は、いった。

「だが、金の力で、その城南プロを味方に引き入れてしまったというわけですね」

「多分、久保の信条は、金は力なりじゃないかな。そのために、どんな方法を使ってでも、金を集めてきたんだと思うよ。そのえげつなさが、敵も、作ったんだろうね」

「しかし、山下から、宝石を奪ったのは、犯罪ですよ」

と、亀井は、いった。

「それに、山下の弱みをつかんで、晴美にゆすらせたのも、久保だろう」

「そうでしたね。とすると、晴美は、久保の女だったんですね」

「久保に利用された女と、いった方が、いいかも知れないよ」

「利用された揚句に、消されてしまったということでしょうか？」

と、亀井が、きいた。

「恐らくね。だが、証明するのは、難しいね」

と、十津川は、いった。

2

山下の話では、問題の宝石が奪われたのは、今年の二月十日だという。

西本刑事が、池袋のあのマンションに飛び込み、コカインをやっていた久保たちを見つけたのは、二月末、正確にいえば、二月二十七日である。

助手の渡辺と、晴美を使って、山下から宝石を奪ったあとなのだ。

今まで、久保は、コカインをやっているところへ、西本刑事に踏み込まれたので、あわてて、藤井と、嘘《うそ》の名前をいい、ひたすら謝って、許して貰おうとしたのだと、考えていた。

だが、それに、プラス、宝石の一件もあったと、考えるようになった。警察に調べられたら、宝石詐欺の一件が、ばれる恐れもある。

山下は、入手経路の怪しい宝石なので、訴えられずに、泣き寝入りしているが、警察が捜査を始めたら、そうはいかなくなってくるからだ。

「もう一つあったかも知れませんよ」

亀井が、眼《め》を光らせて、いった。

「何だい？」

「晴美のことです。もし、その時点で、晴美が、殺されていたとしたら、久保が、殺していたとしたら、警察に調べられるのは、より、怖かったと思いますね」

「しかし、晴美が、あのマンションを引っ越したのは、三月だよ。そのあと、あの部屋に住んだ女が、そういってたじゃないか」

と、十津川は、いった。

「しかし、晴美が、三月一杯、住んでいたのかどうか、わかりませんよ」

と、亀井は、いう。

「その点を、調べてみよう」

と、十津川は、いった。

十津川と、亀井は、もう一度、山下に会った。

「あのマンションの部屋代は、私が、自動的に、毎月、振り込んでいましたよ」

と、山下は、いった。

「三月分も、払いましたか？」

「ええ。二月末に、銀行振り込みでね」

「三月一杯で、彼女が引っ越していますね？」

「ええ。不動産屋から、電話があったんですよ。管理人の話では、家財道具が無くなっているが、どうなっているんですかってね。三月十五、六日頃ですよ。あわてて、行ってみたら、目ぼしいものは、みんな無くなっていた。引っ越したなって思いましたよ」

「三月に入ってから、彼女に、会いましたか？」

「宝石をだまし取られてから、落ち込みましてね。なるたけ、人に会わないようにしていたんですよ。特に、晴美や、久保にはね」

と、山下は、いった。

「じゃあ、ホテルでの一件以来、彼女には、会っていないんですね？」

「そうです」

と、山下は、肯いた。

次に会ったのは、あのマンションの管理人だった。

「高木晴美さんねえ」

と、中年の管理人は、呟《つぶや》いてから、

「引っ越すのは、見ていませんよ。いつの間にか、家財道具と一緒に、消えてしまったんですよ。もちろん、私になんか、何のあいさつもなしですよ」

「彼女が、いつまで、五〇二号室に、住んでいたか、わかりませんか？」

と、十津川は、きいた。

「さあ、そういわれてもねえ。何しろ、本人がいなくても、いろんな人が出入りして、騒いでいましたからねえ。あれじゃあ、誰が借りてるのかわからないなと、思っていましたよ」

と、管理人は、いう。

マンションの住人たちにも、聞いてみた。

隣りの五〇一号室に住んでいるホステスは、十津川の質問に対して、こう答えてくれた。

「お隣りさんが引っ越したのは、覚えてるわ。確か、三月の十五、六日だったわね。夜中だったわ。あたしが、お店から帰って来てからだから、午前二時過ぎじゃなかったかしら。いいえ。女の人はいなかった。男の人二人が、車に、テレビなんかを積み込んで、どこかへ、運んで行ったわ」

「隣りの晴美さんは、知っていますね？」

「ええ。時々、話したこともあるわ」

「今年の三月に入ってから、顔を合わせていますか？」

と、十津川は、きいた。

「三月ねえ。はっきり覚えているのは、二月の節分の時に、会ったことなの。そのあとは、覚えてないわ。いつも、いない人だったから」

と、相手は、いった。

十津川は、最後に、AV女優の前畑ゆう子に、会った。

西本刑事が、マンションに踏み込んだとき、部屋の中には、裸同然の姿で、男一人と、女二人がいた。

男は、久保で、女の一人は、前畑ゆう子だった。

問題は、もう一人の女である。彼女が、高木晴美だったら、推理は、崩れてしまうのだ。

十津川は、ゆう子に、そのことを、聞いてみた。

ゆう子は、眼を細めて、その時のことを、思い出すようにしながら、

「あれは、コンパニオンだったわ」

「なぜ、そうわかるんです？　ホステスも、来ていたんでしょう？」

「ええ。でも、コンパニオンのユニホームを着てたもの。スカートが黒で、上が、白のね」

と、ゆう子は、いった。

「何というコンパニオン会社か、覚えていませんか？」

「わからないなあ。でも、池袋の会社よ。久保先生は、いつも、あのマンションで、パーティをやる時は、同じところから、コンパニオンを、呼んでるわ」

と、ゆう子は、いった。

十津川は、日下刑事たちに、そのコンパニオン派遣会社を、調べさせた。

その結果、「アリス」というコンパニオン会社が、浮んできた。

問題の日、あのマンションにこずえというコンパニオンを派遣したということだった。そして、こずえは、翌朝までいた筈《はず》だといった。

「なんでも、酔ってしまって、ということでした」

と、アリスの社長は、十津川に、いった。

十津川は、ほっとした。晴美はその場に、いなかったのだ。

晴美の名前で、借りていたマンションである。

そこで、乱痴気パーティをやるのに、当人がいなくて、久保が、勝手に、AV女優や、コンパニオン、ホステスを、呼び集める。そんなことが出来るのは、部屋の主が、すでに、この世にいないことを、暗示しているのではあるまいか。

「これで、高木晴美が、すでに、殺されている可能性が、強くなってきましたね」

亀井が、いった。

「殺したのは、久保か」

「或いは、助手の渡辺が、共犯かも知れません」

「もし、二月中旬に殺されたとすると、もう、三ケ月以上、たってしまっている」

と、十津川は、いった。

「土中に埋められていれば、白骨化してしまっているでしょうね」

と、亀井が、いう。

「身元不明の死体を、二月中旬から、今日まで、調べあげよう。その中に、高木晴美がいるかも知れない」

と、十津川は、いった。

各県警、道警、府警に、連絡を取り、その管内で、身元不明の死体が、見つかっていないかどうかを、聞いてみた。

静岡県警と、広島県警で、該当する死体が見つかっていた。広島の場合は、五十代の男の死体だった。

静岡の方が、若い女の死体ということで、十津川は、注目した。

県警の話では、五月五日、連休に伊豆《いず》にやって来た観光客の一人が、松崎近くの林の中に、半ば、白骨化している死体を発見したのだという。

「顔立ちもわからず、衣服も身につけていないので、身元が、わかりません。現在、歯型などから、身元を割り出そうとしているのですが、成功していません」

と、白井という警部が、いった。

「血液型、身長などは、どうですか？」

と、十津川は、きいた。

「血液型はA、身長は、一六〇センチです。年齢は、二十歳から、三十歳ぐらいと、思います」

「指紋は、採れましたか？」

「いや、無理でした」

「死因は、わかりますか？」

「それも、残念ながらわかりませんが、林の中に、裸で死んでいたわけですからね。十中八九、他殺でしょう」

と、白井は、いった。

「こちらで、その女性ではないかと思われる行方不明者があるのです。その女のデータを送りますから、照合してみて下さい」

と、十津川は、いった。

日下や、早苗たちに、高木晴美のデータを集めさせた。

血液型、身長、歯型、左手骨折の治療などのデータが揃《そろ》うと、それを、静岡県警に、ファクシミリで、送った。

その反応は、すぐ、電話で、届いた。

白井警部が、興奮した口調で、

「間違いありません。同一人物ですよ！」

「やはり、高木晴美でしたか」

「その通りです」

「いつ頃殺されたか、わかりますか？」

と、十津川は、きいた。

「医者の話では、二月中旬頃ではないかということです。何しろ、腐乱が激しくて、限定できないんですよ」

と、白井は、いう。

「彼女が、失踪《しっそう》したのは、その頃だと、考えられています」

「犯人は、わかっているんですか？」

今度は、白井が、きいた。

「容疑者は、いるんですが、証拠はありません。死亡日時が、限定できないとすると、アリバイから、攻めていくことも、出来ません」

「どうしますか？　身元がわかったことを、発表しますか？」

と、白井が、きいた。

「いや、それは、しばらく、伏せて下さい」

「なぜですか?」

「容疑者は、写真家の久保と、助手の渡辺です」

と、十津川は、事件のあらましを、説明した。

「なるほど。女を利用しておいて、殺したわけですか」

「ただ、このままでは、殺したという証拠がありません。高木晴美の死体が、伊豆で見つかったとなっても、彼は、平気でしょう。何も知らないで、押し通せますからね」

「そうですね。死体が見つかった場所には、犯人のものと思われる物は、何も落ちていませんでしたからね」

と、白井は、いった。

「落ちていたことにしましょう」

十津川が、いった。

「何ですって?」

「犯人の持ち物が落ちていたことにしましょう」

と、十津川は、繰り返した。

「それは、完全な、でっちあげですよ。あとで、問題になりますよ」

「責任は、私がとりますよ」

「しかし――」

「あいつは、でっちあげで、私の部下を殺人犯に仕立てあげたんですよ」

十津川は、強い調子で、いった。

「十津川さんのお気持は、わかりますが」

「これで、あいつを、犯人にしようとは思っていません。ただ、怯《おび》えさせてやりたいんです」

と、十津川は、いった。

「わかりました」

と、白井は、いってくれた。

十津川は、久保の所持品を手に入れることにした。

まさか、久保の家に忍び込むわけにはいかない。

どうしたら、いいのか？

久保の友人、知人に会って、何か、彼の品物を持っていませんかと、聞くわけにもいかないだろう。

（名刺を、手に入れよう）

と、十津川は、考えた。

久保の自宅マンションや、よく利用するスタジオの近くにある文具店を、一店ずつ、調べていった。

その店の一つで、久保が、名刺を作っていることがわかった。

店には、その見本が、保管されている。

名前が、横書きのローマ字になっている名刺だった。

十津川は、警察手帳を見せ、同じものを一枚、作って貰うことにした。

十津川は、それを持って、ひとりで、伊豆へ出かけた。白井警部に会って、直接、頼むためだった。

下田警察署で、白井に、会った。

十津川は、問題の名刺を見せて、頼んだ。

「もし、問題になったら、私が、これを、現場に置いたことにして下さい」

と、十津川は、いった。

「大丈夫です。委《まか》せて下さい」

と、白井は、微笑した。

「感謝します」

「明日、久保を呼びつけ、現場の土で汚れたこの名刺を突きつけてやりますよ。どんな反応を見せるか、楽しみです」

「それを見たいですが、私がここにいたら、全《すべ》てわかってしまうので、今日中に、帰ります」

と、十津川は、いった。

3

十津川は、その日の中《うち》に、東京に戻った。

すぐ亀井に、事情を説明した。

「白井警部は、危険を承知で、一芝居打ってくれる。もちろん、万一の場合、私が、責任をとるつもりだ」

と、十津川は、いった。

「伊豆へ、彼女を連れて行って、殺したんでしょうか？」

と、亀井が、きく。

「いや、裸で、放置されていたそうだからね。東京で殺し、車で運んで、裸にして、

「明日ですか。突然、伊豆へ呼びつけられたら、久保の奴《やつ》、驚くでしょうね。五月五日に、死体が見つかったが、ずっと、身元不明になっていたわけですから」

「そうだよ。反応が、楽しみだよ。その反応によって、これからの、われわれの攻め方が、わかってくると、思っているんだ」

と、十津川は、いった。

「明日、何時に、白井警部は、久保に、電話することになっているんですか？」

「午前十一時だ」

「では、その時間に、何くわぬ顔で、われわれも、久保に会っていませんか？　彼の反応が、見られますよ」

と、亀井は、いった。

「それは、面白いな。白井警部と、打ち合せておいて、明日、久保と、会ってみよう」

十津川も、賛成した。

翌日、白井と電話で打ち合せておいて、十津川は、亀井を連れ、久保を、スタジオに訪ねた。

久保は、助手の渡辺たちを使って、撮影のための準備をしていた。が、十津川を見ると、嫌《いや》な顔をして、

「まだ、何かあるんですか？　警察につきまとわれると、これでも、人気商売だから、仕事に差しつかえるんですがねえ」

「わかりますが、われわれも、殺人事件の捜査なのでね」

「捜査といったって、犯人は、もう捕ってるじゃありませんか。あなたの部下がね。口惜《くや》しいのはわかりますが、八つ当りの嫌がらせは、迷惑ですよ」

「今度の事件の根の深さが、わかって来ましてね」

と、十津川は、いった。

「事件の根って、何です？　西本という刑事が、若さに委せて、ＡＶ女優をレイプしたのが始まりなんでしょう？」

「いや、違いますよ」

「思わせぶりは、やめて欲しいな。あなた方も、警察の黒星であることを、いい加減に、認めたらどうなんですか。誰にだって、ミスはあるんだから」

「もちろん、ミスを認めるのに、やぶさかじゃありませんよ。だが、ミスでなく、不法な罠なら、われわれは、罠を仕掛けた人間を見つけ出して、逮捕しなければならん

のです」

と、十津川は、久保を見すえるようにして、いった。

「まだ、そんなことをいってるんですか。往生際《おうじょうぎわ》が悪いですねえ。もっと、潔くしたらどうなんですか」

「真犯人が、いるのにですか」

「真犯人？　まさか、私が犯人だというんじゃないでしょうね？」

「前にも、いったかも知れませんが、私はね、あなたと、城南プロの二人が、仕組んだことだと、思っているんですよ」

「弁護士に相談して、名誉毀損《きそん》で、告訴しなければいけませんね」

「どうぞやって下さい。受けて立ちますよ」

十津川は、きっぱりと、いった。

久保は、一瞬、怯えたような表情になった。が、小さな笑い声をあげて、

「やめておきましょう。私は、忙しいんだ。泥《どろ》仕合をしている暇はない」

「仕事が、続けられるといいですがね。刑務所の中には、カメラは、持ち込めませんよ」

「今度は、脅《おど》しですか？」

久保が、眼を吊《つ》りあげるようにして、いったとき、助手の一人が、コードレス電話を持って来て、

「静岡県警から、お電話です」

と、いった。

「静岡？」

と、久保は、おうむ返しにいって、受話器を受け取ったが、十津川たちを見て、狼《ろう》狽《ばい》した表情になり、そのまま、スタジオを出て行った。

助手の渡辺が、あわてて、その後《あと》を追った。

「そんなバカな！」

という、久保の大きな声が、聞こえた。が、あとは、声を落してしまったので、聞こえなくなった。

「自分の名刺が、現場にあったといわれて、怒鳴ったみたいですね」

と、亀井が、小声で、いった。

ふいに、表が、騒がしくなった。二人が、スタジオを出てみると、車庫から、ベンツが引き出され、渡辺が運転し、久保が、乗り込むところだった。

「何処《どこ》へ行かれるんですか？　われわれの質問は、まだ終っていませんよ」

と、十津川は、わざと、絡《から》んでいった。

久保は、振り向いて、十津川を、睨《にら》んだ。

「とにかく、忙しいんだ。話は、帰ってからにしてくれ！」

と、いい、リア・シートに乗り込むと、音を立てて、ドアを閉めた。

渡辺が、猛烈な勢いで、車をスタートさせた。

十津川と、亀井は、車が消えるのを見送った。

「行きましたね」

と、亀井が、いった。

「どんな顔をして帰ってくるか、楽しみだね」

と、十津川は、いった。

4

久保は、その日、帰京しなかった。

静岡県警が、下田警察署で、久保を逮捕したからである。

白井警部から、電話で、それを知らせてきた。

「四十八時間、久保を、留置しておくことが出来ます」

と、白井は、いった。

「久保の様子は、どうでした？」

「彼の名刺を示したところ、狼狽していましたが、そのあとは、それは、でっちあげだと、繰り返しています」

「助手の渡辺は、どうしていますか？」

「下田のホテルに、今日は、泊るようです。ホテルの話では、東京の弁護士に、電話したみたいですね」

「なるほど」

「高木晴美の殺人と、死体遺棄容疑で、押しまくるつもりですが、名刺だけでは、起訴には難しいかも知れません」

と、白井は、いった。

「それは、やめて下さい。下手《へた》をすれば、あなたが、罪になる」

と、十津川は、いった。

「それは、覚悟の上ですよ」

「いや、それはいけません」

「しかし、十津川さん。久保を、殺人容疑で、起訴するのが、目的なんでしょう？　そうしないと、西本刑事が、助けられないんじゃありませんか？」

「わかっています。が、あなたまで、傷つけたくない。久保を、留置して下さったことに感謝しています」

「これから、どうしますか？　四十八時間たつのを、ただ、待っているだけですか？　それでは、久保に対して、嫌がらせの効果しかありませんよ」

白井が、怒ったような声を出した。

「貴重な四十八時間は、利用します」

と、十津川は、いった。

「どんな風にですか？」

「県警は、殺人容疑で、久保を逮捕した。私は、間違いなく、久保は、高木晴美を殺していると思います。殺人容疑で逮捕したのなら、令状をとって、久保の家の家宅捜査が、出来ますね？」

「なるほど。すぐ、令状をとります。そして、警視庁に、捜査協力を要請しますよ」

と、白井は、嬉《うれ》しそうに、いった。

その日の中に、静岡県警から、正式に、捜査協力の要請が、届いた。

夕方、白井警部が、部下の刑事一人を連れて、やって来た。

「久保の自宅マンションの捜査令状をとって来ました」

と、白井は、それを、見せた。

「じゃあ、行きましょう」

と、十津川も、応じた。こちらからは、亀井の他《ほか》に、日下と、清水の二人の若い刑事が、同行することになった。

分乗した二台のパトカーの中で、打ち合せが行われた。

白井側は、あくまでも、高木晴美殺害、死体遺棄の証拠をつかむことが、目的であり、協力する十津川たちの目標は、久保が、城南プロと示し合せて、新谷みやこを殺して、西本を罠にかけた証拠を見つけることだった。

久保の自宅マンションに着くと、白井が、令状を見せて、管理人に、久保の部屋を開けさせた。

2LDKの、都内では、広い部類に入る部屋だった。

居間の壁には、ピカソの版画が並び、特別に造ったガラスケースには、写真家らしく、ハッセルブラッドを始めとする高級カメラが、ずらりと、揃えてあった。

家具も、イタリア製の高そうなものだった。

「金が、かかっていますねえ」

と、若い日下が、溜息まじりに、いった。

八畳の寝室と、十二畳の部屋が、居間に、続いている。

十二畳の洋室は、防音になっていて、壁には、巨大なスクリーンが、貼《は》られていた。

液晶プロジェクターが、反対側に、備付けてある。ビデオを投影して見る装置である。

横には、ビデオのラックケースがあり、何本ものビデオが、入っていた。

亀井が、その一本をとって、映してみた。

いきなり、若い女たちが、巨大スクリーンに、映し出された。三人の女は、けだるそうに踊りながら、裸になっていく。同じように、裸の男たちが、画面に現われ、抱き合い、セックスを始める。男たちは、マスクをかぶっていたが、その中の一人は、明らかに、久保本人だった。

「ここにあるビデオは、全部、押収しましょう。高木晴美が、映っているのがあるかも知れませんから」

と、白井が、いった。

白井が、管理人を呼び、押収するビデオを、確認させている間に、十津川たちは、寝室に入って行った。

ベッドの傍に、クローゼットがあり、背広などが、入っていたが、その奥に、貴重品を入れる棚《たな》が造ってあった。

カギは、かかっていなかった。

十津川は、管理人に立ち会せて、引出しを、上から開けていった。

銀行の預金通帳が、三冊入っていた。M、N、Sという三つの大きな銀行の通帳である。

十津川は、亀井と、その通帳を見ていった。

合計すると、現在残高は、定期預金が、二億一千万円、普通預金が、三千八百万円だった。

十津川は、その金額よりも、最近、大きな金額が、三回にわたって、出し入れされていることに、興味を持った。

一つは、三月十六日に、八百五十万円が、M銀行の通帳に、振り込まれたものだった。相手は、「ミハラショウジ」と、通帳には、書かれていた。

あとの二つは、一千万円ずつが、二回にわたって、引き出されていることだった。

十津川は、その三つを、手帳に、書き留めた。

特に、一回目の一千万円は、新谷みやこが、西本刑事にレイプされたと騒いだ直後に、引き出され、二回目は、彼女が、別府で殺され、西本が逮捕された直後に、引き出されていた。

「恐らく、これは、西本刑事を、罠にかけるために、久保が、城南プロのあの二人に支払ったんだと思いますよ」

と、亀井が、いった。

「最初に、一千万を払い、成功したあと、また一千万、支払ったというわけか」

「そうだと思います」

「前金が、一千万か」

と、十津川は、呟いてから、

「久保は、その一千万を払うとき、何か、受取りをとっていたんじゃないかね。下手をすれば、一千万を取っておいて、城南プロが、何もしないかも知れないから」

「確かに、領収証みたいなものは、とったと思いますね。だが、成功して、残りの一千万を払ったとき、それは、焼き捨てたと思いますよ。久保にとっても、城南プロの二人にとっても、命取りになる物ですから」

と、亀井は、いった。

「確かに、そうだね」

「しかし、久保は、変った男ですから、コピーをして、とってあるかも知れません」

と、亀井は、いった。

「捜してみよう」

と、十津川は、いった。

二人は、次々に、引出しを開け、中身を、調べていった。

「これじゃありませんか？」

と、亀井が、一枚の紙を、見つけて、十津川に示した。

領収証のコピーだった。

金額は、一千万円である。久保宛《あて》に、城南プロの小野木社長が、書いたものだった。

〈成功時に、あと一千万円払うものとする〉

と、但《ただ》し書きがしてあった。

日付は、最初の一千万円が引き出された翌日になっている。

本物の領収証の方は、城南プロの小野木や、林マネージャーが、立ち会いのもとで、
新谷みやこを殺したあと、焼き捨てたに違いない。

だが、コピーでも、城南プロの人間を追いつめるのには、使えるだろう。

5

翌日、十津川と亀井は、M銀行に行き、久保の通帳にあった、「ミハラショウジ」について、聞いた。

ミハラショウジは、三原商事で、店は、上野だった。

二人は、車で、上野に廻った。雑居ビルの三階にある店で、一応、宝石店の看板を出していたが、どうやら、故買屋が、本職のようだった。

小柄《こがら》だが、威勢のいい三原という老人が、社長だった。

十津川は、警察手帳を突きつけて、いきなり、

「三月中旬に、久保という男から、宝石を、買ったね？　値段は、八百五十万だ」

と、浴びせかけた。

三原は、とぼけて、

「そんなことが、ありましたかね」

「あれは、盗品だよ。わかって買ったんなら、あんたも、逮捕しなければならない

な」

「盗品？」

「そうだ。ダイヤの指輪と、ルビーのペンダント。ある宝石店から盗まれたものだ」

「しかし、盗品のリストには、入ってなかった」

「われわれが、極秘裏に捜査していたんだよ」

「畜生！」

と、三原は、舌打ちして、

「相手が、ちゃんとした人間だったから、信用したのに」

「だが、足下を見て、買い叩いたんだろう？」

「――――」

三原は、黙ってしまった。

「なぜ、現金で、払わなかったんだ？」

と、亀井が、三原に、きいた。

「丁度、それだけの現金が手元に、なかったのと、あいつが、振り込んでくれればいいと、いったんだよ。あいつは、阿呆《あほう》だ。盗品なのに、振り込みでいいなんて」

「自信過剰なのさ」

と、亀井は、いった。それに宝石商の山下が、盗まれたことを、公に出来ないと、思っていたからだろう。

「問題の宝石は、何処にある？」

と、十津川が、きいた。

「売れましたよ」

と、三原は、いう。十津川は、厳しい眼になって、

「これから、二十人ばかり刑事を呼んで、この店を、隅《すみ》から隅まで、調べさせて貰うよ。もし、出てきたら、あんたを逮捕するぞ」

と、脅した。

とたんに、三原は、青い顔になって、

「わかりましたよ」

と、いった。

奥のガラスケースの中から、三原は、問題のダイヤとルビーを取り出してきた。

三原は、いまいましげに、それを、見ながら、

「八百五十万は、返して貰えないんですかねえ」

「これは、ただ単に、盗まれただけじゃないんだ。殺人が、絡んでいるんだよ」

「殺人？」

三原の眼が、怯えたように、動いた。

「下手をすると、あんたも、殺人の共犯になるよ」

「まさか――」

「いいかね、あんたが、この宝石を手に入れたいと思い、久保に頼んだ。そこで、久保は、相手を殺して、奪って来て、あんたに売った。そう考えれば、立派な殺人の共犯じゃないか」

「よして下さいよ」

「裁判になったら、あんたに、証言して貰うよ」

と、十津川は、三原に、いった。

第八章　苦しい戦い

1

少しずつ、久保を追いつめているという感触が、十津川には、あった。

だが、それが、すぐ、西本の釈放につながるという確信は、持てなかった。

例えば、宝石のことだ。久保が、高木晴美を使って、山下の宝石を詐取したことは、まず、間違いないだろう。久保は、それを、三原に、売りつけた。これも、証明されるだろう。そして、多分、久保は、助手の渡辺を使って、高木晴美を殺したに違いない。

もし、宝石詐取事件を追っているのなら、十津川は、ここまでの捜査結果に、満足だった。

だが、今、十津川が、追っているのは、殺人事件であり、部下の西本刑事が、罠《わな》にかけられた事件なのだ。

久保の宝石詐取事件は、その前に起きたものであり、久保を、宝石詐取容疑で逮捕できたとしても、それは、直接、西本の釈放に、つながって来ない。

それが、十津川には、腹立たしいし、いらだたしいのだ。

静岡県警の白井警部から、電話が入った。

「久保を留置して、間もなく、四十八時間たちますが、どうしますか？　彼が、殺された高木晴美を使って、宝石詐取を働いていたとすれば、留置は、延長できると、脅《おど》かしてやれますが」

と、白井は、いった。

十津川は、考えてから、

「いや、釈放して下さい」

と、いった。

「弱気ですね。何かあったんですか？」

若い白井が、びっくりしたような声で、きいた。

「こちらのわがままで、申しわけないんですが、私としては、何とかして、西本刑事を、助け出したいのです。久保を、宝石詐取容疑で逮捕して、起訴できるかも知れないが、それでは、西本刑事を助けられません。彼が罠にはめられた事件とは、関係がない事件ですから」

と、十津川は、いった。

「高木晴美殺人容疑の方は、どうですか？　もともと、それで、引っ張ったんだから、その線で、追い詰めたら、どうですかね？」

「状況証拠でしかありませんからね。起訴までは、無理だと、最初から、考えていました。それに、西本刑事を助けることには、役立たない」

「そうでしたね」

「久保を脅かすことは出来たんだから、目的は、一応、達しました。四十八時間たったら、釈放して下さい」

と、十津川は、いった。

「本当に、目的は、達したんですか？」

白井が、きく。多分、電話の向うで、疑わしげな顔をしているだろう。

「達しました」

と、十津川は、いった。

「では、あと二時間したら、久保を、釈放します」

と、白井は、いった。

電話がすむと、亀井が、寄ってきて、

「久保が、釈放されるんですね？」

と、きいた。

「間もなく、四十八時間たつからね。静岡県警は、もう少し、引き延ばせるといってくれたが、私は、もう十分だと、いっておいた。だから、あと二時間足らずで、久保は、釈放されるよ」

と、十津川は、いった。

「これから、どうなりますか？」

「わからないが、一つだけ、期待していることがあるんだよ」

と、十津川は、いった。

「何ですか？　宝石詐取も、高木晴美殺しも、直接、西本刑事の助けには、ならないと思いますが」

「確かに、そうなんだが、別府での新谷みやこ殺しも、国東《くにさき》半島のタクシー運転手殺しも、久保は、直接、手を下さず、助手の渡辺にやらせたと思っている」

「同感です」

「高木晴美も、恐らく、久保は、手を汚さず、助手の渡辺に、殺させたんだと思っているんだ」

「それも、同感ですね。なるほど、その点は、共通しているわけですね」

と、亀井は、眼を輝やかせた。

「高木晴美殺しで、私は、実行犯として、渡辺を追及するつもりだ。渡辺は、今もいったように、久保に頼まれ、大金を貰って、別府で、新谷みやこを殺していると、思っている。それには、城南プロの社長と、マネージャーも、協力した筈《はず》だ。国東半島でのタクシー運転手殺しにも、関係があると、思っている。とすれば、久保は、両方の殺人について、渡辺が、自供しないかと、不安に襲われる筈だ。われわれが、高木晴美殺しについて、渡辺を追及しても、久保は、渡辺が、新谷みやこ殺しや、タクシー運転手殺しについても、自供するのではないかという不安に襲われるに違いない」

と、十津川は、いった。

「大いに、あり得ますね」

「当然、城南プロの社長や、マネージャーの林も、不安に襲われる筈だ」

「渡辺の口を封じようとするかも知れませんね」

亀井が、緊張した顔で、いった。

「その恐れがあるね」

「久保が、戻って来たら、危いですよ」

「あと二時間弱か」

と、十津川は、腕時計に、眼《め》をやった。

「どうしますか？　渡辺に、誰かつけて、マークさせましょうか？」

「その前に、渡辺を、連れて来てくれないか」

と、十津川は、亀井に、いった。

「高木晴美殺しについて話を聞きたいということにしますか？」

「そうしてくれ」

「探して、連れて来ましょう。久保と、顔を合せないようにするわけですね？」

「そうしたいんだ。拒否したら、逮捕状をとらなければならないが、そうなると、時間がかかる」

「何とか、連れて来ますよ。向うだって、後暗いところがあるから、拒否はしないでしょう」

亀井は、簡単にいって、日下刑事を連れて、出かけて行った。

一時間少しして、亀井は、ちゃんと、渡辺を連れて、帰って来た。

「何といって、連れて来たんだ？」

と、十津川は、小声で、亀井に、きいた。

「伊豆の高木晴美の死体のことですが、傍《そば》に、久保の名刺が落ちていたことにしましたよね。その件で、静岡県警が、久保に訊問《じんもん》したところ、彼が、その名刺は、助手の渡辺に渡したといっている。それで、名刺のことを、あなたの口から聞きたいといって、連れて来たんです。ですから、まず、その線に沿って、訊問して下さい」

と、亀井は、いった。

十津川は、苦笑した。そもそも、出発点の名刺が、嘘《うそ》だったからである。

2

それでも、十津川は、渡辺に会うと、まず、名刺のことを、きいた。

「県警の話では、その名刺は、助手のあなたが、持っていた筈だというんですがね」

「それは、嘘ですね。僕は、久保先生の名刺を貰ったことはありません。第一、先生が、名刺を持っていることさえ、知らなかったんですから」

渡辺は、小さく、肩をすくめて見せた。

「しかし、名刺は、死体の近くに落ちていたんですよ。そして、久保さんは、助手のあなたに名刺をやったといっている」

「今もいったように、僕は、名刺を、貰っていませんよ。それに、久保先生から名刺を貰った人間は、何人、何十人と、いる筈ですよ。その人たちを、一人ずつ、調べたんですか？」

「いや、調べません」

「なぜです？　名刺が、落ちていたんなら、名刺の持主は、全部、容疑者の筈ですよ。違いますか？」

渡辺は、挑戦《ちょうせん》的な眼つきで、十津川を見た。十津川は、小さく笑って、

「違いますね。問題の死体は、高木晴美というホステスで、久保さんと親しかった女ですからね。その上、久保さんと共謀して、宝石を詐取した疑いもありますよ」

「しかし、その疑いは、晴れた筈ですよ。だから、久保先生は、今日、釈放されるんでしょう？」

と、渡辺は、また、挑戦的な眼になった。

「しかし、完全に、シロとは、いえないんですよ。それに、久保さんは、直接、手を

下さなくても、誰かに頼んで高木晴美を殺し、伊豆《いず》に埋めたということも、考えられますからね」

「その誰かが、僕だというんですね？」

「そうですか？」

「もちろん、違いますよ。それより、弁護士に連絡させて下さい。僕が、ここに来ていることを、知らせておきたいんです」

と、渡辺は、いった。

「その必要はありませんよ。別に、あなたを逮捕して、起訴する気は、今のところありませんからね。今日中には、お帰ししますよ」

「いや、そんな心配は、していません。間もなく、久保先生が、戻って来るので、弁護士から先生に、僕が、警察に来ていることを、知らせておいて貰いたいと思っているだけのことですよ」

と、渡辺は、いった。

「もう少し、待って下さい。いろいろと、あなたに、お聞きしたいことがあるんですよ。そのあとなら、いくらでも、弁護士に、電話して、構いませんよ」

と、十津川は、いった。

渡辺は、不安気な表情になって、

「警部さんは、何を企《たくら》んでいるんですか？」

「別に、何も企んでなんかいませんよ。とにかく、話をすませてしまいましょう。久保さんとは、いつからのつき合いですか？」

と、十津川は、強引に、話を始めた。

渡辺も、逆らうのは損だと思ったのか、質問に、答え始めた。

「あなたの他に、もう一人、助手の方がいますね？」

「ええ。片桐君です」

「いつだったか、彼に話を聞いたことがあるんですよ。仕事が大変なのに、貰う給料は少いので、生活が、大変だといっていましたよ」

と、十津川は、いった。

「助手というのは、そんなものですよ。一種の徒弟制度みたいなもんですから」

と、渡辺は、いった。

「あなたも、大変ですか？」

「ええ。楽じゃありませんよ」

「本当に、そうですか？」

と、十津川は、念を押した。

「本当ですよ」

「しかし、あなたは、車を持っているし、いいマンションに住んでいる」

「親に、仕送りして貰っているんです」

「おかしいな。そんな話は、聞いていませんがね」

「警部さんは、何をいいたいんですか？」

「あなたは、久保さんから、毎月、かなりの金を貰っていたんじゃありませんか？　だから、車も買えたし、いいマンションにも、住んでいられた」

「とんでもない。なぜ、助手の僕に、久保先生が、金をくれるんです？」

「あなたが、パートナーだからですよ。表の仕事ではなく、裏の仕事で」

「裏の仕事って、何ですか？」

渡辺が、怒ったような顔で、きいた。

「高木晴美殺しや、新谷みやこ、或《あるい》いは、国東半島のタクシー運転手殺しのことを、いっているんですがね」

と、十津川は、いった。

「何をいっているのか、わかりませんがね」

「新谷みやこ殺しは、或いは、城南プロの社長と、マネージャーの犯行かも知れないが、そのあと、あなたは、別府に行き、西本刑事を犯人に仕立てるために、彼の万年筆を、現場に捨てたのは、間違いない」

「臆測《おくそく》で、人を殺人犯に仕立てあげないで下さい」

と、渡辺は、いった。

「臆測じゃなくて、これは、事実ですよ」

「証拠はないんでしょう？　証拠があれば、今頃、僕や久保先生を、逮捕している筈ですからね」

渡辺は、見すかしたように、小さく、笑った。

「確かに、証拠は、まだありませんが、その中《うち》に、必ず、見つけますよ」

と、十津川は、いった。

亀井が、顔をのぞかせたので、十津川は、立ち上って、廊下に出た。

「私が、彼を、連れて来たあと、日下刑事が、彼のことで、いろいろと、聞いて廻ってくれたんですが、一つ、面白いことが、わかりました」

と、亀井は、いった。

「どんなことだね？」

「渡辺は、今日の午前中、新宿の旅行社へ行き、ヨーロッパ行の切符を、二枚、手配しています。成田発パリ行の切符で、一週間後の出発になっています」

「二人分ね」

「そうです。恐らく、久保と、自分の二枚でしょう」

「しばらく、二人は、海外へ逃げて、様子を見ようというわけか」

「そうでしょうね。写真家と、助手ですから、ヨーロッパへ行く理由は、いくらでもつきます。ヨーロッパの写真を、撮るためだといえば、いいわけですからね」

と、亀井は、いった。

「一週間後の出発か」

「そうです」

「それまでに、何とか証拠をつかんで、久保たちを、逮捕したいね」

「同感です。渡辺の様子は、どうですか？」

「しきりに、弁護士に電話をさせろと、いっているよ」

と、十津川は、いった。

「釈放されて帰ってくる久保を、心配させたくないからでしょうね」

「そうらしい」

「それで、どうなさるおつもりですか？　弁護士への電話を、許可するんですか？」

「出来れば、許可したくないよ。久保に、心配させたいんだ。渡辺が、肝心の時に、いなければ、それだけ、彼を、疑うだろうからね」

　と、十津川は、いった。

「渡辺が、逃げ出したと、疑うということですか？」

「結果は、逃げていないとわかっても、疑惑が、少しずつ、溜《たま》ってくれば、期待できるからね。不信の念が大きくなり、カメさんのいうように、久保は、渡辺の口を封じようとするかも知れない。そうなれば、二人の関係が、崩れて、渡辺が、全《すべ》てを、自供するんじゃないかと、期待しているんだがねえ」

　十津川は、小声で、いった。

　亀井は、微笑して、

「それなら、私が、彼の訊問を引き継ぎますよ。質問攻めにして、渡辺に、弁護士と連絡させる余裕を与えないようにしましょう」

　と、いい、渡辺の傍へ、歩いて行った。

　亀井が、渡辺と向い合って、話し始めるのを見届けてから、十津川は、パトカーで、久保のマンションを見張っている日下と、北条早苗に、連絡をとった。

「久保は、まだ、戻って来ないか？」

——五分前に、タクシーで、帰って来ました。

「それで、今、どうしている？」

——部屋で、何をしているのかわかりません。

——あッ、今、マンションから出て来ました。

——タクシーを止めました。尾行します。

それで、いったん、無線電話が切れた。三十分ほどして、今度は、日下が、連絡してきた。

——今、渡辺のマンションの前で、久保が、タクシーを降りました。

「そこへ、まっすぐ、来たんだな？」

——そうです。中へ入って行きます。

「わかった。引き続いて、見張ってくれ」

と、十津川は、いった。

明らかに、久保は、釈放されて、戻って来て、渡辺に連絡がとれないことに、いらだっているのだ。

十津川は、渡辺に眼をやった。亀井が、相手の肩に手をかけるようにして、質問を、投げかけている。

渡辺は、亀井に答えながら、眼は、きょろきょろと、落ち着かない。腕時計にも、時々、眼をやる。久保が、釈放される時間を知っていて、何とか、早く、連絡したいと、焦《あせ》っているのだ。

十津川は、こんなやり方は、捜査として、邪道なことは、わかっていた。だが、西本を救う方法が、今は、他《ほか》に、見つからないのである。

情けないし、いらいらしてくる。いっそのこと、馘《くび》を覚悟で、久保や、渡辺、或いは、城南プロの二人を、思い切り殴りつけてやりたくなってくるのだが、そんなことをすれば、結局、西本の釈放が、遠くなってしまうのだ。

再び、日下から、連絡が入った。久保が、渡辺のマンションを出て、タクシーを拾ったという。

行先は、麴町《こうじまち》の弁護士事務所だった。崎田という弁護士である。

(なるほど)

と、十津川は、思った。

日下が、それを、無線電話で連絡してきた直後に、十津川に、電話が入った。

「崎田弁護士から、警部にです」

と、電話をとった若い刑事が、いった。

十津川は、苦笑しながら、受話器を受け取った。

「十津川ですが」

「弁護士の崎田ですが、そちらに、渡辺という写真家の助手が、呼ばれていると思うんですが、もし、そこにいるのなら、電話口に出してくれませんか」

と、崎田は、丁寧だが、きっぱりとした口調で、要求した。

「おりませんよ」

と、十津川は、いった。

「十津川さん。渡辺君は、別に逮捕されるようなことをしていないのだから、嘘をついて、勾留《こうりゅう》するのは、いけませんよ。不法なことが、行われるのなら、厳重に、抗議しますよ」

と、崎田は、いった。

「別に、嘘はついていませんよ。確かに、渡辺さんには、来て貰《もら》いましたが、大変に協力的で、いろいろと、本当のことを喋《しゃべ》ってくれたので、ついさっき、帰って頂いたところです。それで、おりませんと、申しあげたんです」

と、十津川は、いった。

「もう帰った？」

「そうです。二、三分前です」

「何のために、渡辺君を呼んだんですか？　何を聞いたんですか？」

と、崎田が、きく。

十津川は、弁護士の傍に、久保がいて、今の質問は、彼が、聞きたいことなのだろうと、思った。

十津川は、そのつもりで、返事をした。

「われわれは、久保さんが、新谷みやこを殺し、国東でタクシー運転手を殺し、そして、それ以前に、伊豆で、高木晴美を殺した、と思っているのです。久保さんが、直接手を下したのではなくても、命じたのは、彼だと、思っているのですよ」

「予断を持って、捜査されては、困りますな」

「渡辺さんは、久保さんの助手として、いつも身近にいるので、いろいろと、知っているに違いないと思って、来て頂いたのです。非常に協力的でした。多分、助手ではあるが、仕事以外のことで、久保さんと、心中させられたのではたまらないと思ったんでしょう。おかげで、捜査は、大いに進展しました」

「――――」

「崎田さんは、久保さんの弁護士でも、あるんでしょう?」

「それが、どうかしましたか?」

「久保さんに会われたら、よく、いっておいて下さい。ヨーロッパに、逃げようとしても、無駄《むだ》だとね」

と、十津川は、いった。

一瞬、間があって、崎田は、

「ヨーロッパというのは、何のことですか?」

と、きいた。やはり、傍に、久保がいるのだ。十津川は、内心、苦笑しながら、口調は、厳しく、

「渡辺さんがすっかり話してくれましたよ。一週間後のパリ行の切符を買って来いといわれたとね。自分は、行きたくないのだが、久保さんの命令には、逆らえない。そう思っていたが、こうなってくると、もう、行くのは嫌《いや》だとね」

「本当に、渡辺君は、そういったんですか?」

「ずいぶん、久保さんを、怖がっているようですが、それでも、ちゃんと、話してくれましたよ」

と、いって、十津川は、電話を切ってしまった。

振り向くと、亀井が、まだ、渡辺を質問攻めにしている。

十津川は、近寄って、渡辺に、

「もう、帰って結構ですよ」

と、笑顔で、いった。

3

渡辺は、腕時計を見ながら、あたふたと、帰って行った。

「あれで、良かったですか？」

と、亀井が、心配そうに、きいた。

「もちろん、カメさんは、素晴しかったよ。うまくいけば、これで、久保の心に、渡辺に対する不信の念が、わいてくる筈だ」

と、十津川は、崎田弁護士との電話のやりとりを、亀井に、話して聞かせた。

亀井も、ニヤッとして、

「そりゃあ、面白いですね」

「弁護士の傍に、久保がいたことは、間違いないよ。自分が、釈放されて戻ったら、パリ行の切符の手配を命じておいた渡辺がいなくなっているので、いらいらしていた筈だ」

「そうでしょうね。その切符のことを、なぜ、警察が知っているのか、考え込むんじゃありませんか」

「久保は、一筋縄《ひとすじなわ》ではいかない男だから、簡単には、私の言葉を信じるかどうか、わからない。それに、渡辺だって、自分は、何も話さなかったと、久保にいうだろうからね」

と、十津川は、いった。

「それでも、久保は、きっと、渡辺に、不信の念を抱くと思いますよ。久保は、悪党です。悪党というのは、もともと、他人を、信用しない人種ですからね」

亀井は、眼を輝やかせて、いった。

「久保は、三つの殺人を、自分は、手を下さず、金を払って、他人にやらせている」

「そうです。ですから、彼には、アリバイがあります。それで、われわれの追及に平気でいられるんです」

亀井は、口惜《くや》しげに、いう。

「しかし、同時に、それが、久保の弱みでもある筈だよ。いつ、殺人を実行した人間が、警察に、喋ってしまうか、わからないからね。さっきは、その一人の渡辺を責めてみたが、他に、この事件では、城南プロの小野木社長と、林マネージャーがいる」

と、十津川は、いった。

「新谷みやこを、別府で殺したのは、この二人でしょうか？　それとも、渡辺でしょうか？」

「私にも、わからない。しかし、新谷みやこに、別府へ行くように命令できるのは、小野木社長か、林マネージャーだけだろう。その点、その二人が、新谷みやこの殺人に関係していることだけは、間違いないんだ」

十津川は、自信を持って、いった。

「それでは、この二人を、脅しますか？」

と、亀井が、きいた。

「もちろん。脅して、久保と、離反させてやる」

と、十津川は、いった。

十津川と、亀井は、日下刑事たちに、引き続き、久保と、渡辺の動きを、マークしているように、指示しておいて、パトカーで、城南プロに向った。

マネージャーの林は、つかまえられたが、社長の小野木は、留守だといわれた。

だが、十津川は、小野木も、いるような気がした。とにかく、殺人容疑で、警察が追及しているのだ。ひとりで、ふらふらしている心の余裕はない筈だと、思ったからである。

林は、不機嫌《ふきげん》だった。渋面《じゅうめん》を作っているのだが、その表情に、不安が、のぞいていた。

「もう、話すべきことは全部、お話ししましたよ」

と、林は、いった。

十津川は、あっさり、肯いて、

「確かに、もう、お聞きすることは、ありません」

と、いった。

林は、拍子抜けした顔になって、

「それなら、なぜ、来られたんですか？」

「あなたと小野木さんに、念を押しておきたいことがあったからですよ」

と、十津川は、いった。

「どういうことですか？」

「私たちは、殺人事件を、調べています」

「それは、よく知っていますよ。しかし、別府で起きた事件は、あなたの部下が、やったことでしょう。現実に、あなたの部下は、逮捕されている。私たちは、彼に、大事なタレントを殺されたんだから、最大の被害者ですよ。警察に、損害賠償を求めたいくらいです」

と、林は、いった。

亀井が、むっとした顔になるのを、十津川は、眼で、おさえて、

「あなた方は、そういい、われわれは、真犯人は、別にいると考えてきた。しかし、その問題も、間もなく解決することになったので、それを、申しあげに来たのですよ」

と、十津川は穏やかに、いった。

林は、半信半疑の顔で、十津川を見ている。十津川の言葉を、そのまま、鵜呑《うの》みにしていいのか、それとも、警戒したらいいのか、わからない表情だった。

「つまり、警察も、西本という刑事の犯行であることを、認めたわけですか？」

と、林は、十津川の顔色を、窺《うかが》うように、きいた。

「そう思いますか？」

十津川は、わざと、意地悪く、きいた。

また、林の顔に、戸惑いの色が浮んだ。

「はっきり、いってくれませんか」

と、林は、いらだちを見せて、十津川を見、亀井を見た。

「今度の事件が、もう、解決しそうだといったのは、こういう意味です。われわれは、あくまで、事件の核心は、写真家の久保だと、思ってきたわけです。あなたや、小野木社長が、関係しているとしても、所詮《しょせん》は、脇役《わきやく》に過ぎない。こう見ています。ここへ来て、その久保がぐらついて来たのですよ。久保と、助手の渡辺との間が、しっくりしなくなった。渡辺は、表面上は、久保に忠誠をつくすふりをしていますが、もう、久保に見切りをつけて、われわれに、協力的になっています。久保の逮捕も、間もなくです」

「――――」

林は、黙って聞いている。十津川のいっていることが、本当かどうか、推し測っている眼だった。

十津川は、構わずに、言葉を、続けた。

「今もいったように、肝心の根元が、腐って、倒れ始めたので、あなた方の自供は、必要なくなったということですよ」

「しかし、主犯の久保と渡辺が、自供すれば、必然的に、あなた方の名前も出てきますよ。多分、殺人の共犯としてね。それは、覚悟しておいた方がいいね」

と、横から、亀井が、いった。

「脅すんですか？」

と、林が、きく。それに対して、十津川が、

「いや、そんな気はありません。もう、あなた方に、いろいろと、質問することもなくなりましたからね。ただ、私も、亀井刑事も、あなた方のことを、お気の毒に思っているだけです」

「何が、気の毒なんですか？」

「わかりませんか？」

「わかりませんねえ」

「久保と、渡辺が、殺人を自供すれば、われわれとしては、彼等の自供を、信じることになります。彼等は、多分、自分の罪を軽くしようとして、あなたと、小野木社長

を、極悪人のように、話すでしょうね。裁判になれば、判事も、その言葉を信じるでしょう。何しろ、久保と、渡辺が、最初に、自供したとなればね。だから、お気の毒だと、いったんですよ」

「――――」

「カメさん。失礼しよう」

と、十津川は、亀井に、声をかけ、城南プロを出た。

4

二人は、パトカーに戻った。

「あれで、うまく、いくでしょうか?」

運転席に腰を下してから、亀井が、十津川にきいた。

「正直いって、わからないね。少しは、怯《おび》えたかも知れないが」

「林は、社長の小野木と相談して、きっと、久保に確めますよ。会うか、電話するかして」

と、亀井が、いった。

亀井は、アクセルを踏まず、ビルの中にある城南プロの看板を、見ていた。

「多分、そうするだろうね」

と、十津川は、肯《うなず》いた。

「それから、どうなりますか？」

「われわれに都合よく事が運べば、久保の不安が、林と、小野木に、伝染する。不安は、増大し、林か、小野木が、自供する」

「都合よく事が運ばないと、どうなりますか？」

と、亀井が、きく。

「誰も、自供しないだろうね」

「それじゃあ、われわれの努力は、全く、無駄だということになってしまいますね」

「いや、そうでもないさ」

と、十津川は、微笑した。

「そういえますか？」

「疑惑というのはね。普通、最初は、小さなものなんだよ。そして、それは、自然に、大きくなっていく。疑惑が、疑惑を呼ぶんだ。だから、私は、久保たちの間に、ほんのかすかな疑問なり、不信なりが、芽を出すだけで、十分だと、思っているんだよ」

と、十津川は、いった。

亀井は、やっと、アクセルを踏んで、パトカーを、スタートさせた。

しかし、二十メートルほど走ったところで、十津川は、車をとめさせた。

そのまま、十津川は、振り返って、ビルに眼をやった。

「出て来たぞ」

「林ですね」

「ああ。何処《どこ》かへ、出かける気だ」

と、十津川は、いった。

林は、ビルの横の駐車場に入り、ベンツ５００ＳＬを、出してきた。

「新車ですよ。買い換えたらしい」

と、亀井が、いった。

「久保の金で、買ったんだろう」

「社長の小野木が、出て来ましたよ。ベンツに、乗り込みます」

「多分、久保に会いに行くんだろう」

と、十津川は、いった。

「覆面パトカーで来て良かったですよ。尾行が出来ます」

と、亀井は、いった。

林が、運転し、小野木の乗ったベンツが、動き出した。

十津川たちの覆面パトカーが、尾行に移った。

久保の監視に当っている日下と北条早苗から、無線電話が、飛び込んできた。

——久保が、タクシーで、出かけます。

「渡辺は、一緒か？」

——いや、渡辺の姿は、見えません。

「とにかく、尾行してくれ」

と、十津川は、いった。

林の運転するベンツは、走り続けている。が、まだ、行先が、わからない。

久保を尾行している日下から、また、連絡が入った。

——四谷に向っています。

「四谷？」

――恐らく、四谷にある久保の撮影スタジオに行くんだと思います。

「そうか。こちらも、四谷に向っている感じだ」

――では、スタジオで、久保は、城南プロの二人と、会う気ですか？

「それなら、仕事のことで、会っていると、いえるからだろう。そちらが先に着いたら車は、隠しておけ」

――わかりました。

小野木たちのベンツは、今は、明らかに、四谷に向っていた。

「久保のスタジオで、会う気ですか」

亀井が、運転しながら、いう。

「そうらしい」

「急に会うということは、警部のいう小さな疑惑と不信が、連中の間に生れたということでしょうか？」

「そうであって欲しいと、思っているよ」

と、十津川は、いった。

——今、四谷の久保のスタジオに着きました。彼が、タクシーを降りて、入って行くところです。

「小野木たちの車は、ベンツの新車で、色はブルーメタリックだ。間もなく着くから、見つからないようにしてくれ」

小野木たちの車が、久保のスタジオの前に着いた。

亀井が、少し離れた場所に、覆面パトカーを、とめた。

小野木と、林が、車から降りて、スタジオの中に入って行った。

「なぜ、連中は、渡辺を、外したんでしょうか？」

亀井が、スタジオを、睨《にら》みながら、十津川に、いった。

「渡辺に対して、疑いを持ち始めたということだろう。だから、彼を外して、善後策を相談しているんだと思うね」

と、十津川は、いった。その中には、十津川の願望も、入っていた。

「連中が何を話しているか、盗聴できると、いいんですがねえ」

亀井が、口惜しそうに、呟《つぶや》いた。

十津川も、同じ思いだが、盗聴は、許されていないし、その道具もない。

時間が、たっていく。久保も、小野木たちも、スタジオから出て来る気配が、なかった。

二時間近くたったろうか。

十津川の車の無線電話が、鳴った。渡辺の監視に当っている清水と、三田村の二人の刑事からだった。

——急に、渡辺が出かけます。

「行先は？」

——わかりません。今、ポルシェに乗りました。あわてています。これから、尾行します。

「絶対に、まかれるなよ」

と、十津川は、いった。

5

「渡辺は、呼びつけられたんでしょうか？」

と、亀井が、きいた。

「久保と、小野木たちが、話し合った結果、渡辺を、呼びつけることに、なったんじゃないかと思うね」

「ここへ来るでしょうか？」

「逃げれば、われわれの思う壺《つぼ》だが、ここへ来て、弁明するんじゃないかな」

と、十津川は、いった。

「それで、久保たちが、納得してしまったら、西本刑事の釈放が、おくれますね」

亀井が、口惜しそうに、いった。

十津川は、無線電話で、清水刑事を、呼び出した。

「今、何処だ？」

——甲州街道を、新宿に向っています。

「いいか。もし、渡辺が、四谷に向ったら、すぐ、連絡してくれ。東京を離れる走り方をしているのなら、そのまま、尾行してくれればいい」

と、十津川は、強い声で、いった。

更に、十分ほどして、清水刑事から、連絡が、入った。

――今、新宿三丁目です。明らかに、四谷に向っています。

「君たちは、渡辺に、顔を知られているか？」

――いいえ。向うは、こちらの顔を、知らないと思います。

「向うの車は、何か、違反をしていないか？　ブレーキランプがつかないとか、スピード違反をしているとかだ」

――ブレーキランプは、ちゃんとついています。スピードは、五、六キロは、オーバーしていますが、他の車も、そのくらいのオーバーはしています。

「それでは、取締りは出来ないか？」

――無理ですね。

「何とか、止めたいんだ」

――止めて、どうしますか？

「一時間は、四谷に、行かせないようにしたい」

――しかし、止めるといっても、向うが、事故を起こすか、スピード違反でもしてくれませんと――。

「よし。私が、責任を持つから、事故を起こしてくれ」

——追突しますか？

「いや、相手に、追突させるんだ。前へ廻《まわ》って、急ブレーキをかけろ。その時、フットブレーキは、使わず、手動ブレーキを、使うんだ。ブレーキランプがつかないから、相手が、追突する可能性がある」

——やってみます。

「止めたら、何とかして、一時間は、そこへ釘《くぎ》付けにしておくんだ。電話も、かけさせるな」

6

新宿二丁目を過ぎたところで、清水は、アクセルを踏みつけて、覆面パトカーを、渡辺のポルシェの前に、割り込ませた。

背後《うしろ》で、けたたましく、警笛を鳴らした。

清水は、ニヤッとし、バック・ミラーの中に見えるポルシェに、眼をやった。

渡辺が、やたらに、警笛を鳴らしている。

「行くぞ」

と、清水は、助手席の三田村に、声をかけておいて、思いきり、手動ブレーキを、引っ張った。

悲鳴をあげて、車が、急停止する。

とたんに、どかんと、大きな音を立てて、ポルシェが、ぶつかった。

清水と、三田村は、顔を見合せてから、ドアを開けて、外へ出た。

衝突したポルシェのところまで、歩いて行くと、

「ああ、こんなにしやがって！」

と、清水が、大きな声を出した。

ポルシェの前部が、潰《つぶ》れて、めり込んでいた。

渡辺は、窓を開けて、

「どういう気なんだ？　急ブレーキなんか、かけやがって！」

と、怒鳴り返してきた。

「ぶつかってきたのは、そっちだろうが。弁償して貰うぞ」

と、三田村が、脅した。

「降りろ！」

と、清水が、ポルシェのボディを、蹴《け》飛ばした。

渡辺も、大男二人を見て、うまくないなと思ったのか、車から降りてくると、

「おれは、急いでいるんだよ。弁償の話は、あとで、ゆっくりということで、行かせてくれないか」

「逃げる気か？」

「名刺を渡しておくよ」

「名刺なんか、信用できるか」

清水は、無理矢理、因縁《いんねん》をつけた。

渡辺は、運転免許証を見せて、

「これなら、信用できるだろう？　あとで、電話してくれ。今は、人に会わなければならないんで、忙しいんだ」

「駄目《だめ》だ」

「何が、駄目なんだ？　あとで、きちんと、話し合うと、いってるじゃないか」

「あとになったら、何をいうか、わからないからな」

「じゃあ、どうしろと、いうんだ？」

「この先に、派出所がある。そこへ行って、警官に、話を聞いて貰う」

と、三田村が、いった。

「その前に、電話する」

「駄目だ」

「これから会いに行く人間に、電話で、少しおくれると、伝えるだけだよ」

と、渡辺が、いった。

「信用おけないな。仲間を大勢呼ぶつもりだろうが」

「そんなことはしないよ」

「とにかく、警察へ行って、話がついてから、電話しろ」

と、清水は、いい、三田村と二人で、渡辺を、両側から、押さえるようにして、新宿二丁目の派出所へ、強引に、連れて行った。

派出所には、警官が、二人いた。

「どうしたんですか？」

と、その一人が、きいた。

「そこで、こいつに、追突されたんだ」

と、清水が、いうと、渡辺は、

「冗談じゃない。必要もない所で、急ブレーキをかけるから、ぶつかってしまったんだ」

「とにかく、詳《くわ》しく話を聞かせて下さい」

と、若い警官は、渡辺と、清水に、いった。

三田村は、もう一人の中年の警官に、

「トイレを、貸してくれませんか」

と、頼み、その警官が、案内に立つと、そっと、警察手帳を見せた。

相手は、びっくりした顔で、

「どういうことですか？」

「何とか、あの男を、足止めしたいんだ」

と、三田村は、小声で、いった。

「足止めというと、どうすれば、いいんですか？」

「事故は、起きているから、調書をとるんだ。あの男の調書を先に作れ。それに、私たちが文句をつけて、時間を稼《かせ》ぐ」

「わかりました。何とか、やってみます」

「それから、電話は、かけさせるな」

「大丈夫です」

と、五十歳くらいの警官は、いい、部屋に戻ると、若い警官に、

「あとは、私がやるから、君は、事故の様子を見て来てくれないか」

と、いいつけた。

彼が、飛び出して行くと、中年の警官は、渡辺に向って、

「調書を作りますから、あなたから、衝突の状況を、話してくれませんか」

「その前に、電話をかけさせてくれませんか」

「とにかく、調書を作ってしまいましょう。なに、すぐ、すみますよ。まず、住所と、氏名を教えて下さい」

「電話は、かけさせて、貰えないんですか？」

「この電話は、専用電話ですよ」

「じゃあ、外の公衆電話で、かけてきますよ」

「逃げる気だ」

と、清水が、いった。

「バカなことをいうなよ。逃げやしない」

「わからないぞ。こっちは、追突された方なんだ。逃げられてしまったら、修理費も、とれなくなる」

「追突された方の心配もわかります。調書を作ってから、ゆっくり、電話をかけて下

さい」

と、警官は、渡辺に、いった。

渡辺は、小さく肩をすくめてから、

「早く、やって下さいよ。お願いします。これに、名前と、住所が、書いてあります」

と、免許証を、警官に、示した。

警官は、それを、書き写してから、

「渡辺さんは、どんな車を、運転しておられたんですか？」

「ポルシェ９１１です」

「新車ですか？」

「九〇年製」

と、渡辺は、ぶっきらぼうに、いった。

「それで、その九〇年製ポルシェを運転中、何があったんですか？」

「突然、この二人の車が、追い越しをかけて、僕の車の前に、割り込んできたんです」

「なるほど。突然、割り込んできた、ですね？」

「そうですよ」

「それから？」

「僕は、危いので、警笛を鳴らしましたよ。そしたら、それが、気にいらなかったのか、急ブレーキをかけてきたんですよ」

「その時、あなたは、どのくらいのスピードで走っていたんですか？」

「五十キロぐらいだったと思います」

「それで、追突したんですね？」

「何もないところで、突然、急ブレーキをかけられましたからね。僕も、急ブレーキをかけたけど、間に合わなかったんです」

渡辺は、いまいましげに、いった。

「車間距離は、どのくらい、とっていました？」

「僕が、悪いと、いうんですか？」

「正確を、期したいのですよ」

「五、六メートルです。しかし、あの辺りは、みんな、そんなものですよ」

と、渡辺が、いった時、若い警官が、戻ってきた。

「どうだったね？」

と、中年の警官が、きく。

「ポルシェが、ニッサン・グロリアに、追突していました。グロリアの後部バンパーが、ひん曲り、テールランプが、こわれています。ポルシェの方は、フロントが潰れていました。かなりのスピードで、追突したと思いますね」

と、若い警官は、報告した。

中年の警官は、渡辺に、視線を戻して、

「あなたは、ブレーキを、踏まなかったんですか?」

「踏みましたよ。踏んでなければ、今頃、死んでいますよ」

「それにしては、ひどい状況のようですがねえ」

「向うの車のブレーキランプが、つかなかったんですよ。だから、一瞬、僕が、ブレーキを踏むのが、おくれたんです。ブレーキランプが、故障していたんじゃないんですかね」

「冗談じゃない。そんな車は、運転してないよ」

と、三田村が、声を荒らげた。

「それでは、時間は、かかりますが、専門家を呼んで、徹底的に調べて貰いましょう」

と、中年の警官が、いった。

渡辺の顔が、青くなった。

「わかりましたよ。僕の運転ミスでいいから、早く、調書を、作って下さい。お願いしますよ」

渡辺は、悲鳴に似た声を出した。

「そうはいきませんよ。こちらとしては、正確なことが、知りたいんです」

と、中年の警官は、いい、渡辺に見えないように、三田村に、片眼をつぶって見せた。

第九章　崩壊

1

渡辺が、焦燥にかられているのは、はっきりと、わかった。

落ち着きのない眼になっていたし、何かぶつぶつ、呟《つぶや》いている。

「もう、いいでしょう。ぶつけたのは、僕が、悪いんだ。だから、僕を、帰してくれませんかね？　用があるんですよ」

と、哀願調で、渡辺は、中年の警官に、いった。

「調書が出来れば、もちろん、お帰りになって結構ですよ」

と、警官は、いった。

「それなら、早く、調書を作って下さいよ。僕は、どんな調書でも、サインしますよ」

渡辺は、早口で、いった。

警官の方は、微笑を浮べて、

「そうは、いきませんよ。正確な調書でなければね。さっきの続きを、聞かせて下さい」

「続きって、何です？」

「車間距離は、五、六メートルだった――？」

「そうですよ」

「急いでいたようですね？」

「ええ。急いでいましたよ」

「理由は、何ですか？　女に会いに行くところだった？　それとも、仕事？」

中年の警官は、わざと、ねちこくきいた。

「理由なんか、どうだって、いいじゃありませんか。とにかく、僕は、急いでいて、ぶつけてしまった。悪かったのは、僕の方だ。これ以上、何が必要なんですか？」

「いいですか、渡辺さん。あなたのように、悪いのは、全て、自分にあるという人も、時々いるんですよ。そういう人に限って、あとになってから、悪いのは、向うだと、文句をいうんです。そして、調書に、不備があると、いい立てるんですよ。だから、調書には、細かい点まで、記載しておく必要があるんです」

と、警官は、子供にいい聞かせるように、いった。

突然、渡辺は、眼の前の机を、拳《こぶし》で、叩《たた》いた。

「いいかげんにしてくれよ。何とかかんとか、難癖をつけているとしか、思えないじゃないか！」

と、怒鳴った。

若い警官だったら、それで、びっくりしてしまうだろうが、中年の警官は、落ち着いて、ニヤッと笑っただけだった。

「そんなに、怒鳴っても、何も解決しませんよ。もう、事故は、起きてしまったんだから、冷静に、事故の原因を、考えなければ、ならんのですよ。それが、次の事故を、防ぐことになるんです」

「いやがらせだ」

と、渡辺は、警官を、睨《にら》んだ。

「何のことを、いっているんですか？」

「そうじゃないか。僕が、何もかも認めるといっているのに、時間をやたらに、引き

「中の様子を、知りたいな」

と、覆面パトカーの中で、十津川がいった。

「渡辺は、新宿二丁目の派出所で、完全に、押さえてしまいましたから、スタジオの連中は、いらいらしているに違いありません」

と、亀井が、いった。

「渡辺は、裏切ったと、思っているかな？」

「そう思いますが――」

と、亀井は、いった。が、自信にあふれた声ではなかった。スタジオに、動きが見られないからである。

「もう一押しできれば、連中は、勝手に崩壊するんだがね」

と、十津川は、スタジオを見すえながら、いった。

「連中が、一番怖がっているのは、渡辺が、弱気になって、警察へ全てを自供してしまうことでしょう」

「そうだと思う」

「それに、怖気《おじけ》づいた渡辺が、ひとりで、海外へ逃亡してしまうのではないかとも、考えていると、思いますね」

「渡辺を呼び出したのに、もう、二時間も連絡がないから、連中は、いらだっている筈なんだが」

「何とかして、渡辺の行方を探そうとしているんじゃありませんか？　なぜ、渡辺の到着が、おくれているのか？　海外へ逃げたか、警察に捕ってしまったのか、そのどちらかを、特に知りたがっているんじゃありませんかね」

と、亀井は、いった。

「カメさんが、久保たちの立場だったら、それを知るために、どうするね？」

と、十津川は、きいた。

「いくつかの方法が考えられますね。海外逃亡を調べるのなら、成田に電話して、それまでに出発した、パリやロンドン、或《ある》いは、ローマ行の便に、渡辺が乗っていなかったかどうか、聞きますね」

「それは、やるだろうね。他《ほか》には？」

「あとは、渡辺が、警察に捕ったかどうかを調べる方法ですが、まさか、久保や林などが、自分で訊《たず》ねることはしないでしょう」

「弁護士を、使うか？」

「そうです。弁護士に、調べさせると思います」

と、十津川は、肯《うなず》き、無線電話を使って、本多捜査一課長に、連絡をとった。

「同感だな」

十津川は、現在の状況を説明した。

「渡辺は、交通事故を起こし、その上、公務執行妨害ということで、現在、留置しています」

「刑事部長が、聞いたら、青くなるぞ」

「しばらく、三上部長には、内密にお願いします。それで、多分、様子を見に、崎田という久保の顧問弁護士が、そちらに、やってくると、思っています」

「渡辺がいるかどうかを、調べにだな？」

「そうです」

「こちらには、来ていないといったらいいのかね？　それとも、逮捕したと、嘘《うそ》をついた方がいいのかね？」

「それについては、ノーコメントを、繰り返して欲しいのです」

「それで？」

「崎田弁護士は、海千山千ですから、下手な芝居では、見破られる恐れがあります」

「わかった。ノーコメントで、弁護士自身に、考えさせるわけだな」

「そうです。それから、崎田が来たら、連絡して下さい。駈《か》けつけます」

「駈けつけて、どうするね？」

「もう少し、弁護士を、不安に陥れてやりたいと、思います」

と、十津川は、いった。

いぜんとして、スタジオには、何の動きも見られない。

その中に、崎田弁護士が、警視庁にやって来たという連絡が、入った。十津川は、あとを、亀井に委《まか》せて、警視庁に戻ることにした。

車で戻ると、庁内に、緊張した空気が、流れているのが、感じられた。廊下で、すれ違った刑事の一人が、

「来ていますよ」

と、十津川に、囁《ささや》いた。

十津川は、肯いて、捜査一課長室に向って、足を急がせた。

ドアをノックしながら、わざと、荒っぽく開けて、中に入った。

本多一課長と、崎田弁護士が、向い合って、話している。それに、初めて、気付いたように、十津川は、「あッ」と、声をあげ、

「また来ます」

「何の用だね？」

と、本多がきく。

「いえ。大事な用件なので、あとにします」

「それなら、私は、これで――」

と、崎田弁護士が、腰をあげた。

彼が、部屋を出て行くのを見送ってから、十津川は、口に、指を当てながら、

「久保たちへの逮捕令状は、下りそうですか？」

と、わざと、声を大きくして、いった。

本多は、黙っている。十津川は、勝手に、

「渡辺は、観念したらしく、自供を始めました。久保の指示で、動いたことを、認めています。城南プロの二人も、同じだといっています。これで、証拠は、十分だと思います」

「――」

「渡辺は、自供する代りに、自分の罪を、軽くしてくれと、いっています。表向きは、取引きは出来ませんが、部長にいって、多少の配慮を、お願いしたいと思います。渡辺の自供なしでは、今度の事件の解決は、難しいですから」

「とにかく、急いで下さい。連中が、海外に逃げる可能性が、ありますから」

「――」

「――」

「ありがとうございます」

と、十津川は、いった。

本多は、黙って、ニヤニヤ笑っている。

十津川は、腕時計に、眼をやっていたが、

「もういいでしょう」

と、本多に、いった。

「大丈夫かね？　君のいうことを、崎田弁護士は、聞いたと思うかね？」

本多は、半信半疑の表情で、きいた。

「ドアの向うで、聞き耳を立てていた筈《はず》です」

「確かかね？」

「彼は、久保の顧問弁護士です。久保は、今、追いつめられています。彼は、必死になって警察の動きを、知ろうとしていました。崎田弁護士が、ここへ来たのも、警察の動きを、知りたかったからですよ。それを考えれば、聞き耳を立てていたことは、間違いありませんね」

「今頃、崎田は、逮捕状が出そうだと、久保たちに、電話しているかな？」

「或いは、四谷のスタジオに、直接、走って行ったかも知れません」

「崎田に、尾行をつけなくて、良かったのかね？」

と、本多が、きく。

「彼のやることは、わかっていますから、その必要は、ありません」

と、十津川は、いった。

「問題は、それを聞いて、連中が、どう出るかだな」

と、本多は、いった。

「逃げ出すか、仲間同士で、罪のなすり合いをするでしょうね」

「逃げ出されたら、その場で、逮捕というわけには、いかんだろう？　本当は、連中の逮捕状は、出ないんだから」

「そこは、何とかします」

と、十津川は、いった。

「上手《うま》くいくと、思うのかね？」

「私としては、何とかして、連中を、動かしたいんです。平気な顔をして、じっと動かない相手は、どうしようもありません。打つ手がありませんが、相手が動いてくれれば、何とかなります」

と、十津川は、いった。

その直後に、残してきた亀井から、連絡が入った。

四谷のスタジオに、タクシーで、中年の男が乗りつけたというのである。

「それは、崎田弁護士だよ」

と、十津川は、電話に答え、すぐ、そちらへ行くと、伝えた。

十津川は、車を飛ばして、四谷に戻った。

亀井に会うと、彼は、声を低くして、

「スタジオは、崎田弁護士が入ったままで、何の動きもありません」

と、いった。

十津川は、眉《まゆ》をひそめて、

「すぐ反応があればいいと思ったんだが、この調子だと、こちらの芝居が、見破られたかな？」

「連中が、疑ってかかっているということですか？」

「そうだと、まずいなと、思っているんだがね」

十津川は、じっと、スタジオを、見すえた。あの中で、今、何が起きているのだろうか？

十津川たちの芝居を見すかして、笑い合っているのだろうか？　それとも、逮捕されるかも知れないと、怯《おび》えて、善後策を講じているのだろうか？

「何とか、わかればいいんだが」

と、十津川は、呟いた。

「試してみますか？」

亀井が、いった。

「どうやって、試すんだ？」

「四谷署の警邏《けいら》の警官に頼んで、あのスタジオに行って貰《もら》ったらどうかと、思うのです。戸別調査というやつです」

「上手くいくかね？」

「連中の反応は、わかると思います」

と、亀井は、いった。

すぐ、四谷署の警官が呼ばれ、打ち合せのあと、スタジオに向って、歩いて行った。

スタジオの入口で、インターホンを押している。やがて、ドアが開き、久保が、顔を出した。警官は、打ち合せた通りのことを、久保に聞き、メモをして、戻ってきた。

「どうだったね？」

と、亀井が、小声できいた。

警官は、緊張した顔で、

「ここは、おひとりで使っているんですかとか、他に、どなたかいらっしゃいませんかとか、聞いてきました」

「久保の態度は、どうだったね？」

「ひどく、焦《あせ》っているみたいで、一刻も早く、私を追い返そうとしました」

「中の様子は？」

「何か、怒鳴っている声が聞こえましたが、すぐ止《や》みました」

と、警官はいった。

「何か、あったみたいですね」

と、亀井が、十津川にいった。

その時、スタジオのドアが開いて、崎田弁護士が飛び出してきた。

崎田は、手をあげて、タクシーを止め、乗り込んだ。

「尾行しますか？　様子が、変ですよ」

亀井が、十津川を見た。

「弁護士が、海外へ逃げる筈がない。スタジオの方が、大事だ」

と、十津川は、いった。

しかし、そのあと、誰も出て来ない。二時間近くして、やっと、スタジオのドアが開いた。

二人の男が出てきて、ベンツ500SLに乗り込み、新宿方向へ走って行く。

日下たちに、尾行を命じておいてから、十津川は、

「スタジオに行ってみよう」

と、亀井を促した。

「城南プロの林が、いませんでしたね」

「ああ、出て来て、ベンツに乗ったのは、久保と、城南プロ社長の小野木だけだ」

「では、林は？」

「生きていれば、まだ、スタジオにいる筈だ」

と、十津川は、怒ったような声で、いった。

スタジオのドアには、錠がおりている。二人は、裏に廻《まわ》ってみた。

コンクリート造りの庭があった。庭というより、ここも、スタジオの一部なのだろ

う。白い壁に囲まれた隅《すみ》には、椅子《いす》が置かれ、人工のヤシの木が、そびえていた。写し方によっては、この庭が、南国のホテルのベランダに、早変りするのかも知れない。

庭から、ガラス越しに、建物の中が見えた。

二十畳ほどのスタジオで、大きな投光機が二つ置かれ、長い電気のコードが、床を這《は》っていた。

十津川は、拳銃の台尻で、ガラスを叩き割り、鍵《かぎ》を開けて、窓から中に入った。

「林は、いませんね」

と、亀井が、いった。

「探してみよう」

と、十津川は、いった。

らせん階段で、二階にあがってみた。タレントの撮影の時に使うのか、化粧室や、更衣室などがあったが、そこにも、林の姿は、なかった。

再び、一階におりた。スタジオから、出口への細い通路の両側に、トイレ、バスルーム、それに、物置などがある。それを、一つ一つ、調べていった。

物置には、脚立や、撮影用のカーテンなどが、放り込んであったが、その奥に、人間も、放り込まれていた。

城南プロの林マネージャーの死体だった。

3

二人で、死体の状態を調べた。

後頭部を殴りつけたうえ、ロープで、首を絞めていた。そのため、顔が、むくんだようになり、鼻血が流れていた。

「とうとう、仲間割れを、起こしましたね」

と、亀井が、いった。

「渡辺が、裏切ったかどうかで、意見がわかれて、それが、こんなことになったのかも知れないな」

十津川は、さすがに、ぶぜんとした顔になっていた。

「しかし、これで、久保と小野木の二人は、殺人容疑で、逮捕できます」

と、亀井が、眼《め》を光らせて、いった。

二人は、パトカーに戻ると、無線電話で、日下たちを、呼んだ。

「何処《どこ》へ行くか、わかったか?」

「――どうやら、行先は、成田のようです。

「パスポート以外に、ビザが必要だろう」

「――ビザの必要ない国もあります。

「それ以外に、航空券は、行ってすぐ買えるのかな?」

「――ひょっとして、崎田弁護士が。

「そうだ。崎田弁護士は、二時間以上前に、スタジオを出ているからね」

と、十津川は、いった。

亀井が、スピードを上げた。

十津川は、今度は、三上刑事部長に、連絡をとった。林マネージャーが、殺されたことを告げ、久保と、小野木の逮捕令状をとって欲しいと、告げた。

「出来れば、成田空港へ誰かに持って来させて下さい。あの二人を、海外へ出したくないんです」

「わかった。本多一課長に、持たせるよ」

と、三上は、いった。

走り続ける中に、久保と、小野木が、成田へ向っていることは、確定的になった。

高速道路を成田の方向に、入る。遠くの空に、ボーイング747が、浮んでいるのが、見えた。ほとんど、空中に静止しているように見えるが、ゆっくり降下しているのだろう。

——今、空港に着きました。

と、日下から、連絡が、入ってきた。

「こちらも、間もなく、空港に着くよ」

——二人が、車から降りて、出発ロビーに、入って行きます。清水刑事が、今、二人について、出発ロビーに入って行きました。

「わかった」

と、十津川は、いった。

亀井が、更に、スピードをあげる。

十津川は、電話で、四谷署を呼び出し、そちらに留置している渡辺を、再逮捕してくれるように、いった。

「殺人容疑です」

と、十津川は、つけ加えた。

ついでに、四谷の久保のスタジオに、刑事や、鑑識を行かせるように、頼んだ。

「死体が、中にあります」

「すぐ、行かせます」

と、相手は、びっくりしたような声を出した。

空港駐車場に入ると、十津川と、亀井は、車から降りて、出発ロビーに、歩いて行った。

ロビーは、人であふれている。

十津川と、亀井が、その人ごみの中に、久保たちを探していると、日下と、清水、それに、北条早苗が、寄ってきた。

「崎田弁護士が、先に来ていて、二人に、航空券を渡していました」

と、日下が、小声で、いった。

「やっぱり、そういうことか。二人は、どの便に乗る気なんだ?」

と、亀井が、きいた。

「一七時二〇分発のロス行の日本航空62便です」

と、北条早苗が、いった。

「それ、間違いないか？」

十津川が、念を押した。

「弁護士に航空券を渡されたあと、二人が、日航のカウンターで、係員と、話し込んでいたので、私が、あとで、聞いてみました。やはり、日航のロス行の便に、二人の名前が、のっていました」

「一七時二〇分か」

と、十津川は、腕時計に、眼をやった。

あと、一時間と少しある。いや、あと、一時間余りしかないと、いうべきか。それまでに、本多一課長が、二人の逮捕令状を、とどけてくれるだろうか、それが、心配になった。

令状がないと、眼の前に、久保と、小野木がいても、逮捕ができない。

時間がたっていくが、なかなか、本多は、現われなかった。亀井が、電話をかけてみると、東京地裁は、すでに、二人の逮捕令状を、出しているという。

「途中の道路が、渋滞しているのかも知れません」

と、亀井は、十津川に、いった。

すでに、問題の便の税関検査が始まっている。

久保も、小野木も、出発ロビーから、姿を消してしまっていた。

「下手をすると、間に合わないかも知れないな」

と、十津川が、舌打ちすると、亀井が、黙って、すっと、傍《そば》を離れて行った。

その亀井が戻ってきて、

――ロスアンゼルス行の日航62便は、都合により、出発が、三十分ほど、おくれます。

と、いうアナウンスがあった。

十津川が、黙って、亀井を見ると、

「また、例の手を使ってしまいました。問題になったら、私が、日航に、謝りに行きます」

と、彼は、生真面目《きまじめ》に、いった。

「今度も、爆発物かい？」

「それが、一番、効果的ですから。電話で、仕掛けたといえば、念のために、機内を調べてからの出発になりますから」

と、亀井が、いう。

「あと、三十分で、本多課長が、到着してくれればいいが」

と、十津川は、いった。

「あの手は、二度は、使えません。いってみれば、犯罪ですから」

亀井が、いった。

アナウンスは、日航便の遅延の理由はいわないし、そのあと、何の知らせもない。

「崎田弁護士は、送迎デッキに行きましたわ。きっと、久保と、小野木が、無事に出国できるかどうか、心配なんだと思います」

と、北条早苗が、十津川に、いった。

「自分も、林マネージャー殺しを見たので、共犯として逮捕されるのが、不安なんだろう」

と、亀井が、いった。

「崎田を、逮捕しますか？」

と、日下が、きく。

「久保と、小野木を逮捕したあと、当然、崎田弁護士にも、出頭して貰うよ。文句をいったら、殺人の共犯で逮捕状をとると、いってやれ」

と、十津川は、いった。彼にしては、珍しく、激しい口調だった。

空港の外に迎えに出ていた清水刑事が、ロビーに駈《か》け込んできた。

手に、逮捕令状をかかげている。それを見て、十津川は、ほっとした。

清水のあとから、本多一課長も、ロビーに駈け込んできた。

「おくれてすまん。ここへ来る道路が、渋滞でね。間に合ったかね？」

と、本多は、十津川に、きいた。

「大丈夫です。助かりました」

と、十津川は、いい、令状を持ち、亀井たちを連れて、搭乗《とうじょう》ゲートに向った。

警察手帳を見せて、中に入る。ロス行の日航62便の乗客たちは、機内整備ということで、待合室で、待たされている。

十津川たちは、久保と、小野木を見つけて、包むように、近づいて行った。

久保が、気付いて、緊張した顔で、こちらを向いた。

小野木も、青ざめた顔になっている。

十津川は、二人に向って、確認するように、

「久保と小野木だね？」

と、声をかけてから、逮捕令状を見せ、

「君たちを、殺人容疑で、逮捕する」

「証拠があるのか？」

と、久保が、食ってかかってきたが、その声には、日頃の勢いがなかった。

「なければ、逮捕状は出ないよ」

と、十津川は、いった。

待合室の人々が、騒然としている中で、十津川は、久保と、小野木に、手錠をかけた。

4

久保と、小野木の二人を、十津川は、四谷警察署に、連行した。

逮捕状は、四谷のスタジオにおける林マネージャー殺害容疑で、出ていたからである。

それに、渡辺も、四谷署に、留置してあったからである。

「とにかく、久保と、小野木を逮捕できて、ほっとしましたよ。海外逃亡を、防ぐことが出来ましたからね」

と、亀井が、いった。が、十津川は、むしろ、前より厳しい表情になっていた。

「問題は、これからだよ。二人を、林マネージャー殺しだけで、起訴するのでは、駄目《だめ》なんだ。それでは、西本刑事を助けられないからね。連中が、新谷みやこも殺したのだということを証明できないと、西本刑事は、助けられないんだ」

と、十津川は、いった。

「何とかして、新谷みやこ殺しについても、彼等を、自供に追い込みましょう」

亀井は、力を籠《こ》めて、いった。

崎田弁護士も、任意の形で、出頭させた。

十津川は、まず、崎田弁護士から、訊問《じんもん》することにした。

「私は、あなたが、立派な弁護士だと、尊敬していますよ」

と、十津川は、皮肉でなく、いった。

「それなら、なぜ、私は、あなたに取調べを受けなければならんのですか？　不当逮捕で、抗議しますよ」

崎田は、紅潮した顔で、いった。

「別に、あなたを、逮捕したわけじゃありません。それは、あなたが、殺人に加担しているとは、信じたくないからです」

「殺人って、何のことです？」

「四谷の久保のスタジオで、城南プロダクションの林マネージャーが、久保と、小野木に殺された件ですよ」

「何のことかわからないね。私は、そんなスタジオに行ったことは、ありませんよ」

と、崎田は、否定した。

十津川は、黙って、十四インチのテレビを持って来て、崎田の前に置いた。ビデオデッキと一体のテレビだった。

それに、十津川は、ビデオテープを入れた。

「われわれは、四谷のスタジオを、今日一日、ビデオで、撮っていたんですよ。あなたが、タクシーでやって来て、中に入り、しばらくして、出てくるところも、ちゃんと、映っています。その後、スタジオの中で、殺されている林マネージャーを発見したこともですよ」

十津川が、喋《しゃべ》っている間に、崎田の顔色が、変り、いざ、映像が映り始めると、表情が、凍りついてしまった。

十津川は、しばらく映してから、ビデオを止めた。

「さて、どうしますかね」

と、崎田を見た。

「私を、どうする積りですか？」

崎田が、青い顔で、きいた。

「強いいい方をすれば、あなたは、殺人の共犯者だ。優しくいっても、殺人を傍観していたことになる。弁護士としては、失格ですね」

「私を、起訴するつもりですか？」

と、崎田が、きく。

「私は、立派な弁護士のあなたを、起訴などしたくないのですよ」

「しかし、こうして、訊問している」

と、崎田は、かたい表情で、いった。

「正直にいって、私は、あなたが、正義の士であって貰いたいのです。お互いに、立場は、違いますがね。ただ、今の状況では、あなたが、林マネージャーの殺人について、共犯であるとしか考えられません」

「それは、違いますよ」

「証拠がない。あなたが、共犯だという証明は、今のビデオで、十分です」

十津川は、脅《おど》かすように、いった。

「何をすればいいんですか？」

と、崎田が、きいた。

「共犯でないことを、証明して頂きたいですね」

「どうやってです？」

「今度の事件には、久保、小野木、そして、渡辺が関係しています。連中に殺されたのは、クラブホステスの高木晴美、AV女優の新谷みやこ、国東《くにさき》半島のタクシー運転手、そして、林マネージャーの四人です。金を貰ったか、或いは、仕事を約束されたのかわかりませんが、殺人を実行したのは、久保の助手の渡辺と、殺された林マネージャーだと思っています。どうですか？　あなたが渡辺を説得してくれませんか？　あなたなら、説得できると、思いますからね」

と、十津川は、いった。

「それは、取引きですか？」

「私は、取引きというのは、嫌《きら》いなんですよ。だから、あなたが、渡辺を説得するかどうかは、あなたに委せます。ノーといわれても、結構ですよ」

と、十津川は、いった。

崎田は、ゆがんだ表情になって、

「十津川さんは、ずるいですよ」

「そうですか」

「私の自由意志で、渡辺を説得しろという。しかし、結果としては、強制に等しい。もし、私が、ノーといえば、殺人の共犯として、私を、逮捕し、起訴にもっていくつもりなんでしょう？」

と、崎田は、きいた。

「崎田さん」

「何です？」

「私はね、卑劣な連中の罠《わな》にかかって、今、大分で、拘置されている部下を助けるためなら、どんなことでも、するつもりですよ」

と、十津川は、いった。その激しい口調に、押されるように、崎田は、

「いいでしょう。渡辺は、今、何処にいるんですか？」

「この四谷署に、留置しています。殺人容疑でね」

「会わせて下さい。何とか、知っていることを、全《すべ》て話すように、説得してみます」

と、崎田は、いった。

5

十津川は、崎田弁護士を、渡辺に会わせることにした。

「大丈夫でしょうか？」

と、亀井が、心配した。

「何がだい？　カメさん」

「崎田は、久保の顧問弁護士です。彼の利益のために働く男です。渡辺と二人だけで会わせたら、絶対に自供するなと、話すんじゃありませんか？」

「その可能性はある」

と、十津川は、認めた。

「では、なぜ、そんな危険なことをされるんですか？」

「カメさん。前にもいったが、久保と小野木を、林マネージャー殺しで起訴するのは、簡単だ。だがね、それでは、西本刑事を、助けられない。新谷みやこ殺しも、自供させなければ、ならないんだ。しかし、彼女を殺したのが、久保や、小野木たちだと証明するのは、難しい。現に、大分県警は、西本刑事が殺したと、確信しているからね。

連中に、自供させるより他に、道はないんだ」

「それは、わかりますが――」

「われわれが、連中を、自供に追い込むのは、難しい。新谷みやこ殺しなどについて、われわれは、連中の犯行だという証拠を持っていないからだよ。一つだけ、突破口があるとすれば、それは、渡辺だ。その渡辺にしても、われわれが説得しても、無理だろう。そこへいくと、崎田弁護士は、別だ。崎田が、もう駄目だといえば、渡辺も、その気になるだろう。だから、崎田に、説得を頼んだんだ」

と、十津川は、いった。

「私には、その崎田が、信用できません」

「私だって、信用していないよ。彼は、弁護士の資格を失うかどうかの岐路に立たされている。だから、必死で、渡辺を説得するのではないか。それに、私は、賭《か》けているんだよ」

「その賭けが、うまくいかなかったら?」

「やり直すより仕方がないね」

と、十津川は、いった。

取調室から、崎田弁護士は、なかなか、出て来なかった。

十津川は、時間の制限をつけず、絶対に、干渉しないと、約束した。だから、いくら不安になっても、取調室を、のぞくことはしなかった。

何時間にも思えたが、実際には、一時間足らずだった。

疲れた顔で、崎田が、出てきた。

「何とか、説得しましたよ。渡辺は十津川さんと、会いたがっています」

「全て、話すといっていますか？」

「わかりません。十津川さんの期待している全てというのが、何処までのことをいっているのか、私には、わかりませんからね。ただ、説得はしましたよ。そして、渡辺は、あなたに、話したいと、いっている。それだけです」

「ありがとうございました」

と、十津川は、頭を下げた。

崎田の方が、ちょっと、びっくりした顔になって、

「もう、いいんですか？」

「全力で、説得して下さったんでしょう？」

「もちろん、やりましたよ。約束ですからね」

「感謝します。お帰りになって、結構です」

「いいんですか？」

「弁護士のあなたが、自ら、殺人に加担したとは、私も、思っていません。止めようと思ったが、止められなかったと、思っています。それに、相手は、久保と、小野木の二人ですから、不可抗力に近い」

「わかって頂けて、お礼をいいますよ」

「裁判になったら、証人として、呼ばれるかも知れませんが、その時、事実をお話しになることを祈っています」

と、十津川は、いった。

崎田弁護士が、帰ったあと、十津川と、亀井は、取調室に入り、渡辺と向い合って、腰を下した。

崎田弁護士が、何を、どう話したかは、わからない。だが、渡辺の表情を見て、十津川は、ほっとした。

反抗的な眼ではなくなっていたし、何か、ふっ切れた表情に見えたからである。

「君に助けて貰いたい」

と、十津川は、渡辺に、声をかけた。

「――」

渡辺は、黙って、十津川を、見ている。

「正直にいって、取引きは出来ない。が、私だって人間だ。君が、正直に話してくれれば、感謝の気持は、自然に、わいてくる。君が、正直に話してくれれば、無実の人間が、助かるんだ」

と、十津川は、いった。

「何を話せばいいんですか？」

と、渡辺が、きいた。

「君の知っていることを、知っているままに話してくれれば、いい。君は、別府に行って、西本刑事の万年筆を、捨てて来たね？」

「そうです」

「あれは、誰の指示だったんだ？」

と、亀井が、きいた。

「久保先生に、頼まれたんです」

「新谷みやこを殺したのは、誰なんだ？　君か？」

「僕じゃありません。僕は、新谷みやこなんか知りませんでしたから。あれは、久保先生が、金を出して、城南プロに、頼んだんです。先生は、連中が、おれの足もとを見て、二千万も要求しやがったと、怒っていました」

渡辺は、淡々と、話した。

「何のために、城南プロの連中は、新谷みやこを殺したんだね？」

と、十津川は、きいた。

「それは、十津川さんが、よく知っていることでしょう？」

「だが、君の口から聞きたいんだよ」

と、十津川は、いった。

「僕も、くわしいことは、知りませんが、久保先生は、西本という刑事を憎んでいました。それが、城南プロが、間違えて、西本刑事をレイプ犯に仕立ててしまったとき、先生が、城南プロに圧力をかけて、彼女を殺させ、西本刑事を、今度は、殺人犯に仕立ててあげることになったんです。僕は、いつも、久保先生と一緒にいたから、その間のことは、知っています」

「そのあと、君は、別府へ行って、西本刑事の万年筆を現場に捨てた。国東半島へ行って、タクシーの運転手を殺したのも、君じゃないのかね？」

「そうです」

「なぜ、殺したのかね？」

「久保先生は、城南プロに頼んで、新谷みやこを殺させたんですが、二千万も払ったのに、やり方が、ずさんだと、怒っていました。もう一押しが足らないといって、僕に、西本刑事の万年筆を、別府の現場に、捨てに行かせました。国東半島のことは、タクシーの運転手の口封じです。城南プロの二人が、西本刑事を尾行していて、新谷みやこを、別府に呼び寄せて、タイミングを計って殺したんですが、タクシーの運転手が、その間のことを知っている可能性がありました。それなのに、城南プロの二人が、呑気《のんき》にしているので、久保先生が、心配して、僕に、ちゃんと、後始末をして来いと、いわれたんです」

「久保に、命令されて、行ったんだね？」

「そうです」

「その報酬として、君は、久保から、何を、貰ったんだ？」

と、亀井が、きいた。

「金と、仕事です。仕事は、先生が、自分のところにきた仕事を、お前に廻してやると、いいました」

「君が、久保に、特別に、金を貰うようになったのは、いつからなんだ？」

「高木晴美のことがあってからです」

と、渡辺は、いった。

「宝石の件だね？」

と、十津川が、きく。

「そうです。あのことで、僕と先生は、一蓮托生《いちれんたくしょう》みたいになったんです」

「高木晴美を殺したのは、久保か？」

「そうです。僕も、加勢しました。二人で、殺し、僕が、伊豆《いず》に埋めました」

と、渡辺は、いった。

「久保と、そんなことになってしまったとき、恐しいとか、止めようとか、思わなかったのかね？」

と、亀井が、きいた。

渡辺は、ほとんど、顔色を、変えずに、

「その時は、恐さも、後悔もなかったです。とにかく、僕は、金が欲しかったし、写真家として、有名になりたかったんです。そのためには、何でもする気でした。それまでの生活が、みじめすぎましたからね」

と、いった。

「久保は、約束どおり、君に報《むく》いてくれたのか？」

と、亀井は、きいた。

「金はくれたし、仕事を、廻してくれました。期待したほどでは、なかったですが、いい生活はできたし、仕事も、いくつかやれましたからね」

「殺人を犯してもかね？」

と、亀井が、きいた。

「それは、考えないようにしていたんです」

と、渡辺は、いった。

6

渡辺が、自供したことと、崎田弁護士に突き放されたことで、久保と、小野木も、崩れていった。

先に崩れたのは、小野木だった。

小野木は、最初、傲慢《ごうまん》な久保を、痛めつけてやろうと、AV女優の新谷みやこを使って、罠をかけたことを、認めた。

「ところが、なぜか西本刑事が、その罠に引っかかってしまったんですよ。それがなければ、私も、林も、そのあと、殺しをしなくたって、すんだんだ」

小野木は、口惜《くや》しそうに、いった。

「そのあと、久保に、殺しを頼まれたんだな？」

と、十津川は、きいた。

「すぐ、久保に、気付かれてしまいましたよ。あれは、おれを、罠にかけようとしたんじゃないかってね。私と、林は、怯えました。久保が、本当のことを喋ったら、城南プロは、潰《つぶ》れると思ったんです。何より、警察に、睨まれますからね。ところが、久保は、意外なことを、いって来たんですよ」

「西本刑事を、殺人犯人に、仕立てあげろといわれたんだね？」

と、十津川は、きいた。

「そうなんですよ。びっくりしましたね。おれを罠にかけようとしたのは、許してやるし、逆に、金を払うからといいましたよ。私は、林と相談しました。さすがに、人を殺すことに、ためらいがあったんです。しかし、新谷みやこが、最近、わがままがつのっているし、大した仕事もしないのに金ばかり要求してくるので、私も、林も、腹が立っていましたからね。私と、林で、西本刑事を尾行して、行先を確かめ、そこへ、新谷みやこを呼びつけて、殺しました。私が、林と、二人で、殺しました」

と、小野木は、いった。

「その林マネージャーを殺したのは、誰なんだ？　君が殺したのか？」

と、十津川は、きいた。

小野木は、首を横に振って、

「殺《や》ったのは、久保ですよ。もう駄目らしい、海外へ逃げようということになって、林が、パニックになってしまったんですよ。何か、わけのわからないことを、口走りながら、外へ飛び出そうとしたとき、警官がやって来たんです。あわてて、みんなで、おさえつけました。それで、林は気を失ったんです。久保は、警官を追いかえして、戻ってくると、いきなり、林の頭を殴り、首を絞めて、殺してしまったんです。あの時、久保という男は、本当に、恐しい奴《やつ》だなと、思いましたね」

と、小野木は、いった。

久保は、なかなか、自供しなかった。それでも、十津川は、ほっとしていた。小野木と、渡辺の自供で、西本を救えると、確信を持ったからである。

それが、久保にも、わかったのだろう。深夜になって、自供を始めた。

自供し終ったとき、なぜか、久保は、自嘲《じちょう》的な笑いを浮べた。ひょっとすると、他の連中が、しっかりしていれば、成功していたのにと、悔んでいるのかも知れなかった。

十津川は、すぐ、この結果を、大分県警に、伝えた。

多分、向うでは、多少の当惑と、混乱があったろう。しかし、西本刑事を、釈放する旨《むね》の回答がきた。

十津川は、若い日下刑事を呼んで、

「西本刑事を、迎えに行ってくれ」

と、いった。

「警部は、行かれないんですか？」

と、日下が、きいた。

「ああ」

「なぜですか？　警部が行かれたら、西本が、喜びますよ」

「だが、私が行ったら、彼は、照れ臭がるよ。彼と同じ、若い君が行った方が、彼も、気楽だろうと、思ってね」

と、十津川は、いってから、用意した封筒を、日下に渡した。

「何ですか？　これは」

と、日下が、きいた。

「本多一課長と、カメさんと、私が、出し合った。これで、西本刑事と、一日、ゆっくりと、別府温泉に入ってきたまえ」

と、十津川は、いった。

「しかし、そんなことは――」

と、日下が、遠慮するのを、

「いいか。西本刑事が、何かいったら、お前は、留置場と、拘置所で、垢《あか》がたまって、身体《からだ》が、臭いに決ってる。臭いままに帰ってくるなと、私たちが、いっていたと、伝えるんだ。西本刑事の首根っこをつかまえて、温泉に漬《つ》けてこい」

と、十津川は、いった。

この作品は1993年6月新潮社より刊行されました。
なお、本作品はフィクションであり実在の個人・団体などとは一切関係がありません。

徳間文庫

別府《べっぷ》・国東《くにさき》殺意《さつい》の旅《たび》

2016年1月15日　初刷

著者　西《にし》村《むら》京《きょう》太《た》郎《ろう》
発行者　平野健一
発行所　株式会社徳間書店
東京都港区芝大門二―二―二〒105―8055
電話　編集〇三(五四〇三)四三四九
　　　販売〇四八(四五一)五九六〇
振替　〇〇一四〇―〇―四四三九二
印刷　凸版印刷株式会社
製本　ナショナル製本協同組合

ISBN978-4-19-894062-1　(乱丁、落丁本はお取りかえいたします)

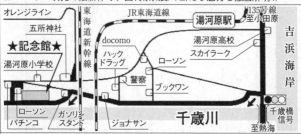